U0013068

愛情的某個角落裡，
肆一永遠守候。
Zeno

辰辰.

在想念他的時刻
你的陪伴從未缺席

一 妍

一字一句
療癒了我無處安放的心
Excelsior

善待自己
我們都是值得被愛的
慕侃之

雖然很想落淚，
但我覺得自己
被擁抱了
N.維

現在的我，
在肆一書裡只看得到幸福.
品妤/細細

相信太陽及月亮，
你是被愛著的。
璦

就算烏雲密佈,也能找到一線光亮
靜

悲傷時，
溫暖的文字擁抱了我。

淨予

謝謝肆一的文字總能療癒自己

遺憾過去了
肆一的溫暖還留在心中

靜

〈那些再也與你無關的幸福〉
正值選擇果斷放棄4年暗戀，還是
持續抱持著期待的交插處，就看見了
這本書。幸好，當初的決定讓我遇見了
現在的幸福，即將邁入進星第8年，
真的很慶幸我們都好好的♡

By Alice 12/4

謝謝肆一的文字
一直陪著我～

肆一的文字
讓受傷的心有了歸宿

－雨芯

不見你了
想見你是否安好
Yaxuan.

在你的文字裡，我花光了畢生的勇氣。

0714 / 凌兒

不願錯過
與你豆一次的文字相遇

～紫

那些
再與你
無關的幸福

｜暢銷10年‧紀念版｜

肆一

著

suncolor
三采文化

● 十週年紀念版新序
願我們都能留下，
那個還願意去相信的自己。

有時候你會很想念一個人，卻明白自己能做到最多的也只是想念；有時候你會很喜歡一個人，卻感覺自己無能為力；而最終則是，因為不允許自己再喜歡一個誰了，於是開始喜歡自己了。

《想念，卻不想見的人》與《那些再與你無關的幸福》這兩本書，是自己身為「肆一」這個作家身分的最初始，書寫的便是這樣的感受。若要比喻的話，前者像是深夜的安靜喧囂，描繪的是在漆黑不開窗的點燈的夜裡，偷偷想念一個人的心情，那些翻攪與隱忍；後者則是面對晴朗天空的期盼，就像是天明後推開窗戶，驅散了一室黑暗，開始學會凝望藍天。它們是被傷透了心之後的歷程，而最後都是希望大家能夠肯定自己的好。

我時常覺得，人會覺得幸福，是因為擁有了期待自己的心情。你仍嚮往著日子，也不畏懼所有其他美好降臨的可能，彷彿沒有受過傷一樣。

在一個偶然的機會裡，得知原來有一群人替《想念，卻不想見的人》或《那些再與你無關的幸福》這兩本書，取了一個非常美的暱稱「失戀者家書」。

起因是有人從書裡的文字得到了療癒，因此當自己看完書之後，便在扉頁上簽下了名字，接著無私地傳遞給下一個需要的人，書就這樣流轉到了一個又一個人的手中……到後來，扉頁上已經寫滿了密密麻麻的名字，這些都是陪伴的痕跡。

當知道這件事時，感到無比開心，也很感動。許多時候，我並不知道自己的文字是否真的能夠傳達力量給大家？在創作的過程中，這是一個不間斷的疑問，可是當看到扉頁上那些簽名時，它們毫無疑問代替回答了這個問題。

因此在出道屆滿十週年之際，決定重新製作《想念，卻不想見的人》與《那些再與你無關的幸福》這兩本書的十週年紀念版時，也決議想把這樣的意涵一起擺到書裡頭，讓大家的文字也能成為書的一部分。因此在扉頁上印有的許許多多的簽名，它們都是向大家募集而來的字句。這兩本書，可以是紀念一個階段、也期許能夠是象徵一個新的起始。

回想十年前當收到出版社邀約出版書籍時，由於當時任職於出版

產業關係，因此基於對出版市場銷售狀況的理解，覺得自己可能只會是一書或兩書作者而已，寫作無法成為長遠的生涯規劃，所以主要是抱持著紀念的心情出版作品。只是沒想到，由於大家的厚愛，一晃眼竟然能夠持續寫了十年的時間，想起來自己仍覺得不可思議。

在其中也包含了許多魔幻的部分。因為經營社群、出版書籍的關係，也意外開始接觸了許多從前沒有想過的事物，包括寫詞、影視改編、商業邀請合作等，這些自己從未設想過的，都因為肆一這個身分而有了交集。這些意料外的人生美好風景，我很清楚，並不是因為自己多麼屬害，更多的是因為有你們閱讀支撐著的關係，對此我始終感謝著；其中也包含了不斷給予空間與接受自己的任性的出版社與經紀公司，無比感激。

至今我仍會不時提醒自己開始寫作的初衷，或許這是我能做到對大家以及對自己的不辜負。每當有人因為自己的文字而多了一處遮風擋雨之處時，我都會覺得無比榮幸。

漫漫人生路上，難免會在某些時候，你會感覺黑夜特別漫長、傷心也像是永無止境，每一次奮力最後總落得徒勞無功與滿身傷痕，你害怕從此都要過著這樣的日子了。可是我總覺得，下雨不會是自己的永久，我的文字可能是一把傘，在大雨降臨的日子，

至少讓你不會全身濕透，也讓那些傷人的話不會成為你身上的烙印，放晴就能蒸發。

願我們都能把傷心的畫面留在昨日，珍藏那些可貴的話語字句，最後可以留下那個還願意去相信的自己。

祝　好。

● 作者序

而你，
要捨不得自己。

如果、如果愛情已經很難兩全其美，請你至少要留下自己。失去的，不去苦苦追問它的去向；獲得的，也不要讓它變成負累。如果說愛情已經叫人喊苦，自己就再不要為難自己。愛情是兩個人的，所以很難一個人作主，但總期許自己留下的都是好的，壞的都隨著離去的人走遠。如果再沒有誰能為自己好，請要記得自己對自己好。自己，就是去變好的原因。

愛情，也常常是知易行難，但我始終認為，在期許自己可以去做到之前，知道是第一步。而我一直想做的就是這些事，試圖說些很平常的道理，可能沒什麼大不了，但卻可以提醒那些其實大家都懂，只是一時忘記的話。或許我無法建議要怎樣愛情才會好，因為每個人的愛情都不同，愛情並不是樣版模組。但至少可以讓你知道，你永遠都值得有人對你好。眼淚有好有壞，不希望是招惹讓大家傷心的眼淚，而可以是被了解的眼淚，讓你在覺得自己是一個人的時候，不那麼孤單。

也就像是這本書、第二本書，選在五月出版，算是我任性的要求。

如果說，第一本書在十二月出版，是希望可以陪大家度過那個天寒地凍、讓人瑟縮的一連串節日的季節的話，那麼，這本書則是想要陪大家一起再往前走一點。六月，夏天才剛剛開始，但葉子都已經綠了，日照時間也漸漸拉長，陽光幫忙多蒸發了一些傷心，適合散步、遠遊，或許，是可以試試的時候了。是時候，對自己再更好一點了。

不心急、不求一蹴可幾，只希望每次都好一點點，就很有價值、就很好。今天比昨天好一點點，有天，就會很好。

第一本書《想念，卻不想見的人》出版之後，陸續收到一些朋友的來信，很多鼓勵、很多淚水，但最後常常都是用感謝當作結尾。大家的按讚與留言都已經是一種難能可貴，更何況是願意寫信給我。有些人會向我道謝：「謝謝肆一說出我想說的話，讓我知道原來還有人懂我。」但其實對我而言何嘗不是，是你們讓我知道自己說的話原來也有人懂，我們都是一樣，跌跌撞撞還不罷休，因為知道不放棄才是對得起自己。也是你們，讓我知道自己在做對的事情。

其實，我也一直都想說，能夠收到大家的回應、願意寫信跟我直率地表達那些或許難以對他人言語的事，都是我的榮幸。我清楚知道這是一種信任，我很珍惜。

謝謝每一個在粉絲頁上按讚留言、買上一本書與這本書的朋友，不厭其煩、深怕遺漏，希望你們知道我的感謝。我會努力不讓謝謝變成是一種廉價。

謝謝我的家人與朋友，我們都知道，常常默默就是一種鼓勵。

最後還想說的是，如果，他已經捨得了你，也請記得不要再把他留下。強要的都不會是愛，留下的都會是傷心。在還沒有一個人誰來捨不得自己之前，自己要，捨不得自己。

也沒有該為了誰前進，自己，就是理由。要一直這樣提醒自己。也要繼續相信，自己永遠都值得被好好對待。

祝　好。

Letter 1 ／
不要白白傷心了

Letter 2 /

不能夠敗給了，寂寞

Letter 3 /

不要只是習慣了痛的感覺

Letter 4 /

慢慢，把現在走成未來

不要
白白傷心了

：

認真去愛

永遠都不會是一種浪費

敷衍的去愛一個人，才是

一個男人的告白

不是男人比較不念舊，
而是他們的每一個決定，
都是想清楚後才去做。

分手，
永遠都準備不好。

分手後最殘忍的，不是你仍然愛著他，而是，你以為他會再回來。

他離開以後，你先是埋怨他，但你不說他的不是，你心想，他一定有苦衷、他一定會回頭，你覺得他只是一時糊塗，這包含了某種程度的否認，因為你還愛他，所以不忍苛責。

再之後，你開始咒罵他，他怎麼可以這樣對你？你對他這麼好？他卻還是離開了你，你們從前相處的每一個細節現在都成了傷害的最佳證據，因為你還愛他，但卻終於發現，他真的不愛你了。

所謂的分手，常常就像是面對一個遠行的旅人，你以為自己終會是他的歸途，但沒想到他已經在其他地方落腳。

於是，你的世界再次崩塌敗壞，而且這一次徹底粉身碎骨。

如果說，他當初提分手時是一次試煉的話，你覺得那或許只是一種考驗，一切都還有轉圜；而這回則是一種確認，肯定他的心意已決、你們再也無可能。

也就是那時候你才知道，原來分手有兩個階段，只是過程常常不是向上，而是往下重摔。第一次是心傷，第二回則是心喪，你成了沒著喪服但卻心如死灰的人。

你也曾經天真的想過，是不是他可以先給你一些準備的時間，或者是一些暗示提醒，讓你可以去調整、去適應，然後再分手，如此你就會更好，起碼不會傷得那麼重。

但後來才發現這是一種荒唐，你把自己珍貴的時間交給他去揮霍浪費，而且還親手奉上。這竟是一種變相的允許，因為得不到對方的承諾，所以你用自己去交換留住他的一點點時間。

那時候你才發現，分手最可怕的事情之一是，你們兩個再也沒有關係，但他卻還在影響著你。

他早已在你的世界之外，但你卻還以他為中心。

跟著，你也終於懂了，原來沒有所謂「準備好了」的分手，只要兩個人還在一起，你永遠會懷抱一絲的希望，再美好、再繼續的可能。但只要一分手，就意味著這一切再不可能成真。

所以在愛情裡面，你永遠都無法去真的想像分手的一天，因為，一旦跟一個人牽手了，你就會期待永遠。也因此，每回的決裂都是一次新的萬劫不復。

分手，從來都不是一種比賽，沒有讓你預備練習，更沒有分數高低，結局永遠都只有一種，就是心碎。

最後你也才發現，原來其實分手跟愛情很像，你只能去試著學習，把一次次的經驗當作是一種預演練習，但永遠都無法去預期。

分手，永遠都準備不好，一旦愛了，就只能盡力去給予，然後努力看會走到哪個地方。你只能把原本用來準備分手的力量，拿來去愛。然後，要是不小心碎裂了，學會如何去修補自己。

可是、可是，你也不能因為害怕傷心就辜負自己的心，他人可以不珍惜自己，但自己卻不能不對自己好。而如果還有愛，但卻不

去愛，就是一種對自己的愧對。

認真去愛，永遠都不會是一種浪費；敷衍的去愛一個人，才是。

我不要想念你，
因為那就表示已經失去了。

一個男人的告白

今天沒空？

那明天呢？

不然後天？

這就是喜歡一個人。

他喜歡你，只是，
沒喜歡到專屬於你。

你把每件事都變成了暗示。

他每天都會在社群媒體上敲你，問你今天過得如何？你動態消息上的每個更新，他都會按讚，誇獎你哪一天的哪一件衣服很好看、喜歡旅行的地點。然後，有意無意地問你昨天做什麼？跟誰出去？他也會試探你週末有沒有活動？放假都做些什麼？甚至，他若是出去玩的話，禮物也不會少你一份。每件小事都是一個小甜蜜，都變成是你們的橋樑，通往彼此的道路。這些都是喜歡一個人的證據。

只是，你沒想到那座橋這麼長。你們還是熱絡，只要你臉書一上線他都會向你問好，聊的話題也沒變、社群媒體上的讚也沒變少、關心的話語也一樣多。但是，卻僅只於此。你們沒有更多的來往，你不認識他的任何一個朋友，就連單獨的吃飯也沒有過。就像是有人按下了暫停鍵，劇情就此停止，你的情緒還在，但就是看不到結局。

他從沒開口約你出去。你搞不懂究竟是發生了什麼事，著急了起來。你開始詢問周遭好友的意見，無法從女性朋友那邊得到滿意答案，於是你硬著頭皮問了平常甚少聯絡的男性朋友。那一陣子，你的口頭禪從原本的「好可愛～～」換成了：「你覺得他怎麼想？」

他沒有約你出去，因為他不喜歡你。但他每天臉書都敲我。他沒有約你出去，因為他不喜歡你。但我跟誰出去他會吃醋。他沒有約你出去，因為他不喜歡你。但他會注意我每天的心情。他沒有約你出去，因為他不喜歡你。但他會跟我說他喜歡我穿長裙、說我笑的樣子很好看、誇我的瀏海很適合我……

你丟出了同一個問題，別人給了相同的答案。然後，你又用了另外一百個理由說服自己。

你聽見橋下的水聲，一抬頭，才發現是他的眼淚。「對不起，我喜歡你，但我放不下前一段。」終於，他開口對你這樣說，還比你先落淚。你眼底的苦澀硬生生地被擠了回去。然後，把原本要拭淚的手，變成拍他肩的安慰。你就這樣被宣告出局，卻還要安慰他。你這才看見，原來橋下不是蜿蜒溪流，而是浩瀚的大海。你怎麼都跨不過去。

是的，他喜歡你。只是、只是，沒喜歡到要專屬於你。朋友的喜歡跟情人的喜歡距離太遙遠。就像是河流與海洋。

你就此退出他的世界，然後努力讓生活繼續往下走。你沒上戰場，卻像是打了一場仗，渾身是傷。你還是花了很多時間走出戰場，走出那些「為什麼？」的槍林彈雨。他並沒有對不起你，但你知道再下去就是自己對不起自己。然後，有一天你才發現，他那天的眼淚，原來並不是源自於對你的抱歉，只是要稀釋掉他自己的罪惡感而已。

你終於也才清楚了，其實他對你，從來都跟喜歡無關，而是跟寂寞比較有關。

一個男人的告白

假分手？

男人從來都不會用分手來
試探感情，
分手就是分手了，
說好當朋友就是朋友。

關掉他的社群媒體，
你救回自己的人生。

原來，他只不過是以另一種形式離開了你而已，其實，他都還是你的生活。

突然間，你意識到了這一件事，就當食指在社群媒體視窗上點下他的名字那一刻。你忘了這是今天第幾回，你又再看他的社群媒體，他去了哪裡？吃了什麼？今天心情好或不好？然後，是不是新認識了誰？就像是以前念書時候的整點打鐘，幾乎是一種習慣性，只要一抓到空檔你就會去看他的動態消息。

他，是你的前男友。

你們分手了一段時間，你原本以為一切早已經都事過境遷，那些好的或壞的，都隨著時間的流逝有了新的體悟，你也開始好轉，至少，不會再動不動就落淚，即便當一個人獨處的時候也不會再發呆。

你終於再不會每每當自己意識到時，才發現已經在床邊坐了半個小時的時間。

你原以為自己已經好了，但此刻，你的食指點擊著滑鼠的清脆聲響卻像是碰到了自己的傷口似的，灼熱了起來。

你才明白，你以為的痊癒，只是自己的「以為」。其實，你還是在意他。你當然會在意，你們在一起了好一段時間，跟著堆積出了濃厚的情感，你們過去那麼相愛，怎麼可能說斷就斷。

你曾經騙自己這是一種關心，你們說好繼續當朋友，但後來才發現這是一種囚禁。他給了你自由，但你卻只往他的身上飛。

於是你也才驚覺到，不管是「好朋友」或「親人」關係，雖然你點頭應了允，但其實都不是你的自願。因為，你清楚知道這是唯一可以把他還留在身邊的方式，所以不得不答應。你甚至猜測過，他說的「當好朋友」其實都只是一種伏筆，你心底隱隱期待著，只要關係不斷，你們或許有天就還有機會。

當初，你留了一條線不想跟他切斷關聯，但沒想到這條線到頭來卻綑住了自己。

你的「當好朋友」，說明的是你對你們感情的依戀與臆測；而他的「當好朋友」，不過只是多一個朋友比少一個好。這是女人跟男人的差別，你終於弄明白了。也就像是他的社群媒體動態，從來都不閃躲，但卻只有你在遮掩，計算著一絲一毫。

你還在在意他，還是會被他的情緒所影響，你還在如此在意著他，就像是你們還在一起一樣。只是，你們早就不在一起了。

你當然也知道，當不成情侶，能當朋友親人也很好，但就跟兩個人要走在一起一樣，兩者都需要緣分。只不過不同的是，兩個人初相戀時都宛如新生，不管從前種種，你們都有了新的契機；然而分開時，卻是帶著相愛過的包袱往前走，要同行更難。

原來，分手，就只是分手了。

不管理由符不符合正確性，不管是不是心平氣和，但只要自己心裡有疙瘩、心裡有依戀，就不要勉強自己去當好人，就不需要勉強非要繼續保持聯繫。你終於懂了。你要試著關掉他的社群媒體，關掉他影響著你的一分一毫，你要找自己的快樂與悲傷，還有自己的人生。

如果心裡還有他，就不要裝大氣。因為，你的愛很小氣，你只想給想要的人。

你不再迷戀他了。

終於，

你不再沉浸他給的傷心了。

一個男人的告白

男人不是愛撒謊，
而是在需要說謊時會說謊。

你的為什麼？
以及他的對不起。

那句「為什麼？」從你的心裡，變成脫口而出的利刃。

幾乎沒有預兆，他向你提了分手。你很震驚，「轟」地腦子一片空白，你反應不過來，但是無法理解的感受大於難受。等你終於意識過來後，抓著他的手直問：「為什麼？我做錯了什麼？給我一個理由，不然我無法接受。」你覺得自己是個無辜的犯人，抓著法官申冤。然而，他說：「對不起，你很好，是我的問題。」你無法接受，既然自己很好，為什麼還要離開？

「對不起。」不是答案，而是判刑的宣告。

你並不是天真，談過幾次戀愛、心碎過幾次，因此早在一段感情的開始就曾經想過或許有一天愛情會有終點，但卻想像不到是以這樣的方式結束。因此，你還是抓著他問，是不是認識了新的人？是不是自己哪裡做錯了？是不是愛上了誰？你覺得他一定是虧欠了你什麼，你必須要回來。可你卻忘了，在愛情裡並沒有所

謂的虧欠，只有兩情相悅。但你還是想要一個解答，一個能讓你
當天色漸暗時，可以入眠的理由。你沒犯了什麼錯，但卻被判了
死刑。

他走了以後，你還在心裡問自己「為什麼？」每問一回，心上的
傷就跟著再撕裂一次。你想了成千上百個疑問，再用成千上百個
答案來解答，但裡面沒一個是「他不愛你」。

你這才發現，得不到的答案原來是一把刺向自己的刀。你覺得流
血是對愛的見證，沒想過是否對不起自己。後來你也才知道，原
來自己要的不是他的理由，你是要他回來。你跟他要了一個解
釋，不過是想從其中找到可以依憑的點，一個可以讓你們的愛情
再繼續的理由。但如果他沒有回來的打算，所有的「為什麼」也
就沒有任何意義。

所謂的理由，都只有在自己願意接受的時候，才能成立。

一直到很後來你才明白，當一個人不想說一件事的時候，可以編
出幾千個謊來遮掩；即使說了，也不一定是真的。而你也知道，
即使是真的，自己也會找出上千個理由把它變成假的。原來，自
己無論怎樣都要不到答案，因為你不接受自己無法接受的理由。
人會說謊，就像自己也會騙自己一樣。而你怎麼也沒想到，原來

他的那句「對不起，是我的問題。」是他當初對你說過最誠實的一句話。

他的「對不起。」不能替你的人生負責，你的「為什麼？」也要不回愛情。但確定的是，當初的他已經對自己誠實，只有你自己還在騙自己。其實他的理由並不重要，因為你並不需要藉由他的理由來肯定自己很好，在他說出分手的那一刻，你們的人生再也沒有關聯了。但是，或許你的愛情已經丟了，至少你可以要回自己。

你終於才懂了，其實他從沒有給你牢籠，是你偏執地在原地不肯踏出一步。你關住了自己，然後在裡面喊疼。

你也終於知道了，愛情裡面並沒有一千個「為什麼」？只有一個「不愛了」。

一個男人的告白

人只有在自己
想要改變的時候，
才會改變。

你的委屈，
是他。

「你總把事情想得太複雜了。」他不止一次這樣說你，帶著點指責的意味。

你覺得委屈。

因為，你沒有社交圈，身邊朋友都是來往好多年的舊識；你不去夜店，頂多會在深夜造訪誠品書店；你半夜不會有無聲的簡訊，手機裡收到最多的永遠是電商業者的廣告訊息；你也不會一天安排三個行程，你覺得在一個地方待三個鐘頭比在三個地方各待一個鐘頭好。

你當然也知道他的意思，沒有什麼、不要想太多……但你聽過太多的「沒什麼」，最後都變成了「有什麼」；你也遭遇過太多「想太多」，最後卻變成「沒機會再想」的時刻，所以你太懂了。

而且,你討厭自己覺得委屈。

你並不是想勉強去改變他,因為你知道所有的勉強,最後都會讓你們的關係變得勉強。

你更知道,他之所以會變成眼前的他、那個你所愛的他,都是這些生活習性一點一滴累積而成的,如果要推翻,也等於是否定了自己愛的那個人。你沒那麼年輕,也沒那麼幼稚,你已經到了會感謝他前女友的年紀了。

但唯一沒變的是,對於愛情你還是同樣小心眼。

你當然也想過要參與他的生活,但後來發現徒勞無功,那並不是你的世界,你在裡面總是灰頭土臉,到頭來只有換來一對深邃的黑眼圈。

你用無數個熬夜的夜晚,看過無數個日出之後,終於明瞭,原來自己已經在過不成眠的夜晚了。只不過場域從寂靜的床上轉變成了吵鬧的酒吧而已。

你發現原來昏暗的光線這麼類似，而寂寞的感受也很相同，心裡面的喧譁聲比身體外的還要大，你幾乎覺得自己失戀了。你擁有了失戀的感受。

你們當然有許多類似的地方，你們都喜歡看冷門的歐洲電影；在看鬼片時大笑的時間比手搗住眼睛的時間多；都愛聽流行的芭樂歌曲，越灑狗血的越喜愛，所以你們才會在一起。也所以你才有了掙扎、所以你才會被捨不得拖著走。

因此，你要自己努力去試、用盡力氣去試過了，也所以現在你才會覺得，該換他了。你不是天真的覺得愛情要公平，但卻知道互相是必須。

一起調整、一起磨合，再繼續相愛，這才是愛情。你覺得一個人有必要為了另一個他愛的人去調整自己，他有這樣的義務，你偏執地這樣認定。起碼這是你要的愛情。

你的委屈，源自於他認為你的委屈沒有來由。

去夜店的不是你、一天趕三個邀約的也不是你、深夜有無聲訊息的也不是你，但他說，是你想太多。而他說的這句話，恰巧讓這

些勉強都失去了理由。你想得很多，但沒想到的是，他的生活會
變成你的無理取鬧。

你也沒有想到的是，換個男人，其實比要求他容易許多。

有時候你會忍不住
想對他好，
可在更多時候克制不去對他好，
才是對自己好。

一個男人的告白

為什麼男人
總不喜歡宣揚感情狀態？
因為男人很膚淺，
需要被崇拜。

相處的每一刻
都是蛛絲馬跡。

你察覺到你們的關係起了變化，並不是從社群媒體訊息或半夜訊息得來的，而是相處細節。

你們在一起很久了，久到你把他在身邊當作是一種呼吸般自然，你們一起吃飯、一起逛超市、一起逛花市，也一起買了白色的被單，他怕髒，你說常洗就好。你們花了很久的時間才建立起默契，那些相處點滴打造出你們的感情輪廓，你們在裡面生活，然後再繼續相愛。你們不只活在同一個世界，也是活在彼此的生活裡，安穩舒適，不管外面風吹雨下。

也因為他，你才了解，所謂的感情生活，指的不是在生活裡面談戀愛，而是把愛情變成是一種生活。

你們太熟悉彼此，就因為如此，即使只有一點點的細微轉變你都可以感受到。你們是彼此的城堡，你沒看到雨灑進屋內，卻發現陽台上掛了一條濕的抹布。你知道有什麼改變了。他還是會每天

向你報告今天的行程，要去哪開會、誰約了吃飯、每週二、週三晚上要去運動，甚至連睡前的電話都沒少過。一切都如以往，卻也一切都不像以往。

還沒見到面，你就先感受到言語的轉變，他慣有的開朗語調低了一些，就像是KTV裡有人降了半Key在唱歌，但因為你太熟悉這首歌，所以輕易就發現了不一樣。跟著，並肩吃飯時，他不再用手指偷戳你的側腰，故意討你撒嬌的罵。然後，一起過馬路時，他偶爾會忘了去拉你的手，逕自越過斑馬線。一切都跟以往很像，但一定有什麼不一樣了。人不完美，也很難完美，即使言語再周全，身體的自然反應還是洩了底。

你才發現，偵探遊戲不是社群媒體或通訊軟體，你們相處的每一刻都是蛛絲馬跡。

於是，你開始從他的社群媒體上找解答。他是否新認識了誰？最近與誰的互動最熱絡？沒有任何發現後，你也開始有意無意地詢問試探著他，但除了那些改變，得到的答案都是同樣一個：「你想太多了。」其實你討厭這樣的自己，這讓你晚上睡不好，腦子充滿負面的思考，可是，你們曾經相愛的一切如此明確，一點點的差異其實都昭然若揭。

而他也忘了，世界是一連串的巧合所組成，人再怎麼縝密計畫，也抵不過因緣際會。就像是你跟他相遇，愛情也是一種巧合。也就像是，他們特意選擇了一個郊區約會，但就是會恰巧有朋友剛好在當天前往，一句：「那天我在夜市看到他，你們怎麼會跑到那麼遠的地方去逛？」就把所有謎題給解開。就是那天，他向你說他累了，一下班就要回家休息。跟著你也才想起，他社群媒體上有一個新加的女性朋友，就在那天 po 了張夜市的相片，一臉燦笑。

原來，社群媒體從來都只是印證，而不是線索，一旦開始在社群媒體上找訊息，就表示了只是準備驗證自己的懷疑。而感情狀態，也只是參考。

他的感情狀態還是掛著「穩定交往中」，你這才驚覺，所謂的「穩定交往」，示意的並不是「不可以再跟另一個人談戀愛」，而是「我們的戀愛會有點阻礙」。當下你才懂了，「穩定交往」指的不是兩個人的關係，而是一個人的心態。一個人的心如果夠安穩，感情狀態掛單身都不一定會變心；但要是不定，結了婚還是會被誘惑。充其量，感情狀態只能制止住一些明者，但擋不了想要暗著來的人。

但你還沒想要揭穿，一切塵埃落定，你終於確定了所有疑慮，雖

然傷心，但卻感到踏實。再也不必去猜測、再也不必去預設，生平第一次你覺得自己可以悲傷得如此腳踏實地，你覺得好笑。你也不打算哭、更不要去鬧，你向來都不喜歡爭奪，何況是愛情。你不要你的愛情是爭奪來的。你並不是不遺憾你們多年的感情，而是，早在他瞞著你跟另一個人約會時，你們的感情早就不在他的考慮範圍之內了。你不要為了他，再多傷一點心。

所以，也沒必要去戳破，因為你想要看他在你面前還能說什麼謊，他們死不承認的愛，在這一刻你拿回了優勢。他們在暗，你在明。你也才明瞭，原來這是你的創傷處理，每當他當著你的面多說一次謊，你的心就可以多死一些。這何嘗不是一種他對你的補償，讓你可以無牽掛的離去。而他們那看似見不得光的愛情，其實你知道，要是真的一見光，枯萎的不會是他們的愛情，而是你們的。

但同時你也清楚，最寒冷的黑夜已經過去，你想睜開雙眼看到黎明降臨，而不是躲開。你不勇敢，但在學著讓自己堅強。然後，去相信太陽終會再次照耀。

許多答案的無解，
其實都只是
你不想要那樣的解答。

一個男人的告白

精神外遇比肉體外遇可怕。
因為肉體有賞味期，
而且心始終還在；
但精神外遇則不然，
一旦心走了，
肉體就更別想留住。

想念的瞬間，
愛情崩壞。

原來，愛情的崩塌最初始，是從想念開始。

他跟你揮了手道再見，不過一個轉身，你發現自己竟然已經開始想念他。他的帶著笑意的眼神、咬手指的小動作，還有那些不好笑的冷笑話，你都懷念著。你們相處的每個細節都在你的腦海裡打轉，你不時想起，微笑。他說，他也想你，你聽到又笑了。然後，你們很快又見了面。

一開始，你並沒有意識到發生了什麼事，你向來都是跟隨著自己的心，任何一段愛情不都是這樣。只是唯一可以確定的是，不管是怎麼開始的，但等到你意識到時，自己已經撒了一百個謊。而不管劇情如何轉折，最終都只會是：你放縱了自己去想他，跟著，也給了他愛你的機會。

於是你才懂，關於愛情，最可怕並不是在於變心，而是明知道自己是在做錯的事，但卻依然繼續。

也就是那時候你更明白了，不管之後的說詞如何更改、心意如何轉換，但你心裡都清楚地知道，其實自己早在那一刻就做了決定，自己早在那一刻就背棄了自己已擁有的愛情。所以即使後來再如何懺悔，你都知道，自己曾經如此輕易地就放棄了那麼珍視的關係。而你的那個他，是有理由可以不原諒你。

因為，好與不好是比較出來的。因此，你開始想他的不好，你把新人的好拿來對照舊人的不好，他幽默、他會逗你開心、他會哄你……而這些，他都做不到。那些你對愛曾有的想像，都在新人身上實現了，你們如此歡欣雀躍，高高躍起，一落下，就把舊有的愛情踩在腳下，支離破碎。因為太歡愉，你甚至沒有聽到碎裂的聲音。

你用新人的一聲歡呼，就否定了他所有的好。這點最叫他傷心。

但很後來你也才知道，原來愛情並沒有新的或舊的，只有好的與不好的，而適合的就是好的，不適合的就是壞，其實道理很簡單。就像是你會跟他在一起好幾個年頭，靠的並不是緣分，而是你們一直都不想分開，你們沒有分開的理由，如此而已。你們適不適合？能夠在一起這麼久，就是說明。這也是你很後來才體悟到的事。只不過當時，你誤把新的當成了好的。

而他原有的那些不足，那些你以為的不得不，其實都只是一種不滿足。你曾經認為這是一種往更好境地的追求，這是一種人的本能，像是動物趨光。但愛情在最多的時候，需要的就只是一種認定，而不是論定。

因為，好，永遠都會是一種追尋，愛情需要的並不是一個人去追求更好，而是要兩個人一起變得更好。

愛情裡面沒有不得不，只有選擇。愛情裡面的每個不得不，直指的都是另一個人的傷心。你明瞭了、學會了，你的傷心微不足道，但至少你希望他沒有白白傷心。

一個男人的告白

分手後，
再把東西要回來很丟臉。

但是，不拿回來，
也很浪費。

愛情結束，
終結了語言。

關於愛情的結束，最叫你傷心的並不是你們分手了。而是，他否定了你的好。

先是讓渡了你的名分，接著過繼了你的情感，最後再切割了你們共有的一切或不是共有的之後，無論過程多麼折磨人，至少你們的愛情終於塵埃落定，至少你們共同去完成了一件事。原本，你以為這些已經夠叫人傷心了，但你卻怎麼也沒想到，到了最後，他連你的好都要一併拿走。

他開始訴說你的不是。你如何不好、如何不對，所以愛情才會演變成今天這般田地。你當然懂，人是一種會自我保護的動物，一旦遇到危機時就會尋求掩護，以求安然。因此，他用你的不好來掩飾自己的虧欠，因為只要你也有不對、只要你也有錯，他就可以不必那麼自責、他就可以把錯多讓渡一些出去，然後在夜裡睡得更好。

他用指責你，來讓自己心安理得。對此，你有點灰心。

每個人都不完美，兩個人在一起也很難完美，完美是一種理想，但愛情常常都是存在於現實當中。所以，人都會有所不足，雖然你並不完美，但他又何嘗不是？也就像是言語一樣，真心要找出漏洞的話，易如反掌。你無法一一去解釋，永遠都有解答不完的提問，你只能做到一定的限度，然後，希望了解你的人可以信任你，如此而已。愛情也是一樣。

因此，當那個在過去幾年曾是你最親密的人，你覺得他應該最是了解你的那個人，竟然用他人的話來指責你的不是時，這點最叫你傷心。

再者，你們分開的原因，從來都不是因為你的這些一點點不足夠，但現在，他們卻成了他手裡握有的武器，矛頭指向了你。他的火力不強，但卻轟得你粉身碎骨，你最後所捍衛的你們愛情餘溫的城池，就這樣被攻佔了下來。你們的愛情死無葬身之地。

你曾以為，即使分手了，無論過程如何狼狽、結局如何殘敗，但你最後仍然可以保有一絲好的回憶。那些你們曾給彼此的好、曾對彼此的付出，都那麼珍貴，那些都證明了你們的愛真實存在的痕跡，因此你很珍惜。但你這時也才明瞭，原來珍惜也跟愛情很

像，要兩個人同時認同，才會存在。

於是，你再也無法言語。你早已受了傷，再沒有多餘的力氣去解釋些什麼。又或是，又該說些什麼才好？如果幾個寒暑的朝夕相處，最後得來的是他的指責，現在的解釋都只是多餘。就像是你所珍惜的愛情一樣，多餘。他不僅帶走了你們的愛情，也奪走了你的語言。

於是，你不再說話。這不是一種抗議，更不是退讓，而是一種保有，因為，最終你還是想要去相信愛，相信愛情的光明面。你們的愛已經衰敗，但至少你想要保有自己對愛情的最後一點信仰。

Letter 2

不能夠敗給了，
寂寞

：

愛，如此微不足道、難以言喻

但卻是你的全部

還記得嗎？

你曾經是這樣的自己

一個男人的告白

忘記一個人要多久？
三天？不然一個禮拜夠不夠？

時間不是拿來浪費用的，
就算是真的要揮霍，
也該拿點什麼回來，
而不是空手而回。

在想念之後，
遺忘之前。

那時候你才明白了靜止的意義，雖然時間在前進，周遭的事物也在變換，但你卻覺得自己站在原地，像是電影裡的特殊畫面，周圍再與自己無關，這就是靜止。

他離開以後，有好長一段時間你都是這樣生活著，不，不能說是「生活著」，因為這樣並不能算是一種活著的方式，就連最低限度的情緒起伏你都感受不到，在大多數時候，你只是任由時間在自己身旁經過。你並沒有去做些什麼，甚至就連努力的嘗試都不曾有過，因為當時的你，連自己都不要了，你只記得自己是怎麼不被他想要。

你無時無刻都在想著他、他從心跑到你的腦裡張狂，更精確地說，是你生活周遭的每一件事物都提醒了你他的存在，可能是誰的一句問候、一個嘴角牽動，或是不小心翻到一張兩個人一起去看過的電影票根，都會讓你想起他，從眼裡滲到最心底，再到思考裡。這是想念的最高等級。你無法不去想他，因此，當所有的

人都勸你多想想自己時,你都會感到莫名的憤怒,他們不懂,如果真這麼容易就可以做得到的話,你何苦如此為難自己。他們把你的苦說成是一種自討苦吃。但也唯有經歷過後你才懂,他們並不是不能體諒,而是那其實是最切實際的思量。

疼痛,是想念的計算單位,有多思念一個人,疼痛就會有多強烈。

再後來,你發現自己沒那麼想他了。但你清楚知道他還在,他還是會在某個不經意的時刻,突然躍入你的眼簾,只是,終於不再伴隨著劇烈的刺痛。那些你以為是愛的證明的疤痕,你不再把它拿來當作悼念,緊抓不放,你終於可以在大多數時間裡,專心想自己。你才更明白了,這原來竟是一種歷程,有先後順序,你只能按照步驟所記,唯一的差別是時間的快慢。

但連你,都不知道自己怎麼走過這些時間的,所謂的「走過來」,對你而言並不具任何意義,因為你只是撐著,咬著牙去過一天,在快要放棄的時候,告訴自己至少撐過今天,然後一路走到現在。但也就是走過這些你才懂了,原來當初很多自己以為過不了的難關,在最多時候自己所能做的努力其實就是撐著。

原來,堅持不放棄、不被現實打敗,不讓信仰功虧一簣,就是一

種努力的方式，然後，有天就會得到答案，或長或短。

沒那麼想他，離遺忘還很遠，你當然知道。但你想，這起碼是第一步，讓自己的生活不再被他所牽制，過得像自己，就很值得驕傲。因為只有你知道自己曾經如何不想活，現在又是如何活了下來。也就像是「撐下來」，你明白它的意義，它給了你往前進的指引，不再去求多，你只要為自己做好這件事，就很好。你答應自己。

「我離開他了。」有天，你想要親口這樣說，不再是他離開了你，而在這之前，你要一直很努力。

一個男人的告白

在愛裡就笑、丟了愛就哭，
該悲傷就悲傷、該開心就開心，
不要去忍、去演、去假裝不在意，
享受愛的每一刻才是真的。

你要的不是愛情，
而是，愛的夠久。

傷心了就會哭、開心了就會笑，這是身而為人的本能，不用學習、也不用模仿，自然而然就會。其實，愛情也是。

你相信，愛情是一種本能，每個人天生都具有這樣的能力，即便是那些嘴裡逞強說著不再愛的人，其實都只是沒遇到一個誰而已。可能是因為受過傷，所以才抗拒愛，並不是沒有了愛。但只要那個人出現了，在某年某天的某一刻，就會再去相戀。這是你對愛的基本信念與依據。你一直都是以這樣的方式在愛裡悠遊、怡然自得，不做他想，就像是愛裡的專心一志，你只管去愛著愛。

因此，你也從來都沒想過這樣是否不對？一直到某天，有人用「沒感覺了」將你拋下時，你才發現自己一直賴以為藉的本能，其實是助長的秧苗。你受到驚嚇，什麼是「沒感覺了」？要怎麼找回來？那又為什麼他沒感覺了，但你的感覺卻還在？到最後，你甚至顧不了自己的感覺，只在意他的感覺。

愛情讓你不愛自己，再把對自己的好建立在別人上頭，然後不以為意。但是，你仍然追著要他的感覺。

也就是那時候你才懂了，我們有多把愛情寄託在虛無飄渺上，有一天它就會用同樣的方式離開你。而自己連反駁的餘地都沒有。

因為，愛的來去之所以如此容易，就在於我們總是太依賴本能，先是憑藉著本能去愛，然後再憑藉著本能去不愛。這是因為我們關於愛的那些付出，都是依賴本能而來，因為愛了，所以才去付出；一旦愛的感覺消失了，就停止付出。原來一直以來我們都只是在愛人，而不是去繼續愛一個人，我們的愛永遠都只是現在式，僅僅都只是當下，而不是未來式。我們不知道如何維持愛的感受。

跟著你才驚覺，原來我們愛的其實是本能，從來都不是愛本身。

終於在愛過幾回之後，你明白了，這竟是一種完美的自以為。就因為覺得愛是與生俱來，所以不需努力就可以擁有，也因此，更讓人誤以為只要有愛就可以。但常常愛情的結束都不是因為沒有愛，而是愛還足夠，但努力卻不夠。愛是努力的基本要件，但努力卻才是愛得以持續的主要關鍵。當然，愛是種本能，但並不是要我們單單只用本能去愛，愛情，同時也包含了學習與成長。

學習如何去愛一個人時也喜歡自己；學習去顧慮對方的感受也體會自己的；學習去對一個人好的同時也不忽略自己；學習對得起別人前要先對得起自己；學習不把過去當成阻礙而是助力。最後，再去學習不單單是因為有愛才付出，而是只要付出，愛就會回報予愛，然後再一起往下走。

先是用本能去愛人，再用自己後天的努力去讓愛久一點。愛情，或許講的就是這兩者的相乘，你很慶幸自己懂了，然後，也努力要去試了。最後再努力去相信。

一個男人的告白

初戀之所以難忘，
並不是因為她最美、最好。

而是，曾經有人讓你覺得，
她是最美、最好。

保有讓自己
再幸福一次的機會。

甜美氣味、七彩泡泡，還有玫瑰與心跳聲，你，還記得第一次心動的感覺嗎？

只為了一個若有似無的眼神，便可以揚起一整天的嘴角；只為了一句想要表白的話，就可以輾轉難眠一整夜；只為了一句的無意口角，便覺得世界要塌了；只為了 ·通電話的開場白，就練習了三十分鐘。

愛，如此微不足道、難以言喻，但卻是你的全部。還記得嗎？你曾經是這樣的自己。

然後，你長大了。人總是抵不過時間，即使賴著不動也會被拖著往前走，你知道的事越來越多、認識的人越來越多，但不知怎麼的，愛情卻越來越難以搞懂。你聽了所有的勸告，學會努力去對自己好，卻忘了該怎麼對另一個人好。

你曾以為自己終於成熟了，可以抵擋挫折失敗，但在愛情面前立即就被打回了原型，你發現還是那個小孩，那個當初只因為一句爭吵就流著淚在街頭狂奔的小孩。

你才發現，原來，愛情，並不會隨著歲月經歷一起長大。在愛裡，你一直都是患得患失。

但其實，你還是有點不同了，你分不清是好還是壞，但有時候，你會想起那個很年輕的自己。那時候，賺的比較少、知道的也不多，但卻那麼容易就可以快樂。現在，常常連要真心地從心底笑出來，都沒那麼容易。

因為太怕受傷，你學會防備、學會閃躲，原以為這是一種自保，但沒想到卻連簡單都給一起避開了。所以，偶爾你會懷念年輕時的自己，那個剛開始戀愛的自己。

而在更多時候，你最懷念的其實是那個勇敢的自己。那時候的你，即使受了傷、淚流滿面，但仍舊相信未來的美好，在傷心的同時可以保有迎接下一段戀情的想望，不曾動搖。那時候的你，不曾懷疑過愛情的美好，然而，現在的自己，卻常常在還沒開始，就覺得以後不會好。所以，你才選擇保有現在的自己。

你之所以抗拒愛情的降臨，不是因為你不要，而是不敢要。怕一旦要了，以後就日夜都不得安寧；怕一旦拿了，以後心碎一地都還不起。

你也把它拿來當作是一種自我保護措施，在很多時候你也能自滿，你告訴自己這樣很好，但唯有在想起年輕時的自己時，才會翻天覆地。因為它總會提醒了你，自己的缺乏。

年輕的戀愛最可怕的地方在於，它建立了一個愛情的典型，無論是好、是壞，最後都在你往後的所有戀愛上發酵，產生影響。你會拿以前失敗的例子當作是往後的對照，然後退卻。

可是其實你心裡清楚知道，愛情並沒有錯，只有遇到了壞的人，它才會跟著腐壞。就像是，愛情並沒有保鮮期限，但人心才有一樣。

於是你才慢慢體悟到，自己所拒絕的不是愛情，而是讓自己再幸福一次的機會。

原來是你自己否定了自己還可以再擁有愛情的可能。人可以不需要愛情而活著，但是，不要因為是害怕了，所以才不要了，如果還有愛，不去愛多浪費。

因此，你，還記得第一次心動的感覺嗎？無論如何，都請不要忘了心動的感覺，記得那個自己，好好珍惜，然後，讓自己再有機會去擁有幸福。

這一次說「再見」，
就沒有回頭的打算了。
因為是認真的，
所以才會這麼傷心。

一個男人的告白

愛一個人怎麼會忘？

就是很想見她、
很想見她、很想見她，
這就是愛一個人的感覺。

幾乎忘了怎麼去，
愛 。

很後來的你才懂，讓愛消失的，從來都不是因為太久的空窗，或是漫長的等待，而是，自己的膽怯。

單身最可怕的事情，不是你會去細數一個人的日子，而是你甚至是刻意不去記憶，但卻能清楚知道自己獨身了多久。你還記得他離開的日期，某年某月某日，就連他最後轉身的背影，也都一併深刻烙印在你的腦海裡。記憶演化成生命，不斷在你的日常生活跳動，已經不是一種習慣，而是一種常態，時時提醒著你──你是單身。

然後，更可怕的是，你花那麼長一段時間才建構起來的勇氣，那些伴隨著他的離去而消失殆盡的愛的信念，你好不容易才終於又找了回來，但隨著單身的時間拉長，又跟著統統給還了回去。那些在他之後的人，都只是過路，即使停駐也來不及留下些什麼，就又隨著步伐一起遠離，連帶也跟著帶走了一些你的氣力。就像是為了準備過冬而儲存的乾柴，你一點一滴耗盡，怎麼都沒料到

這回春天來得晚，你只得打著哆嗦靠意志力撐下去。

於是，你覺得自己沒有愛了，你覺得自己已經忘了怎麼去愛一個人了。原來，愛情跟勇氣是在一起的，勇氣不見了，愛才會消失。

有些人因為愛而產生了力量，所以得以去愛人，變得勇敢堅強，這是一種好運氣，但卻可遇不可求。因為這是一種被動，你等待，然後他出現、剛好住了下來，人人稱羨。但愛情，向來都是只能自力更生，而不是天降甘霖。

所以，如果可以自己先保有了勇氣，盡力去準備好自己，這樣當愛出現的時候，就不會因而錯過。或許，愛情準備不來，但準備自己卻可以。而這可能也是愛情裡面，你所能夠做到的、所能夠去努力的最大的部分。

最終可以確定的是，勇氣不管先來後到，都是相愛的前提，但別開臉了、卻步了，都是一種把愛往外推的方式。

於是你才發現，那些負心的人，其實負的是以前的你，但卻是自己負了以後的自己。他帶走了你們的愛情，但你卻把未來的愛情都一併託付給過去，所以現在才會裹足不前。你沒有在等他回

來，只是一直站在原地，這是一種變相的等待，只是沒有目標方向，等到驚覺到了這點以後，你才覺得有點可笑。原來這竟也是另一種惦記，你把以後的失敗都怪罪給他，於是，以後再也忘不了他，可其實你並不再想要他。

但其實，自己如此害怕失去愛人的能力，正是說明了愛的存在，因為，不存在的東西是不會消失的。而那些懷疑，都只是一種堅定的過程，最後你才體悟到這件事。

那些挫敗讓你確信了，愛是一種發自內心，與生俱來，所以再不用擔心自己的愛會消失，因為只要你還想要去愛，它就會一直存在。而在那個人出現了之前，你只要學會先把勇氣收好，不要讓它消失，有那麼一天，就會派上用場，然後再去相愛一場。

一個男人的告白

寂寞？
找人喝酒、找人打屁聊天、
找人做什麼都好，
就是不能談論它。
只要不談論它，
它就不會是真的。

寂寞了，
我不相信寂寞。

愛一個人，可以有成千上百個原因，但裡面最不應該包含的是，寂寞。

總是難免會這樣，因為漫長的等待，或是經歷了幾次有機會開始卻終究未果的關係，你輕易地就愛上了一個人。常常愛情最可怕的事之一是，你明明知道錯了，但卻收不了手，最後終至粉身碎骨，但即便是這樣，至少你還曾經擁有過了愛；然而更糟的卻是，自己假裝愛上了一個誰，不僅欺騙別人、也騙了自己，可是到最後卻連愛都無法拿出來炫耀，一種一無所有。

你曾經在某個地方看過這樣一句話：「兩個人在一起，做得最多的事情就是陪伴。」彷彿大夢初醒般，你點頭稱是，於是找了個人作陪，仿效模擬。

可是，愛情是模仿不來的，就如同學不會別人的戀愛模式一樣，因為愛情的配方是專利，這邊多些、那邊少一點，就只差一點點

但卻完全不一樣，愛情就是難在它的獨一性。而你更忘了，所謂的「陪伴」應該是建立在愛情上頭，而不能越過它，就把陪伴當作是愛。

也所以，你才會覺得，怎麼愛了還是感覺寂寞？因為，寂寞指的並不是身邊有沒有個誰，而是心裡沒有住了個人。

日久生情可以是一種愛的方式，但裡面怎樣都不應該只是寂寞，也就像是因為愛上一個人，所以習慣，但習慣了一個人，卻並不一定是愛。

如果因為寂寞而愛上了一個人，只會把愛變成了一種排遣，你用愛來打發時間，只要他在的時候你就不覺得落單，但回到家之後，一打開門卻發現寂寞還等在裡頭，從來都沒離開過。於是你驚覺，原來，是自己把愛情變成了一種填空的遊戲。它對你的意義並不是相愛，而是逃避。

因為輸給了寂寞所以戀愛，再因為失戀了敗給了愛情，到最後就會連自己都給輸掉。你一敗塗地，還得背負上「負心」的罪名，你無法對另一個人負責，因為你連自己都無法交代。那時候你才懂了，原來所有愛情的開始都是要先過了自己這一關才算數，而這一關，別人無法勉強、無法指揮，你只能自己去感受。就像是

孤單和獨處不一樣，你試著去分辨而不是妥協：你學著去喜歡一個人，而不是習慣一個人。

沒有愛，或許會讓人有時感到寂寞；但因為寂寞了而去愛人，可能不小心就會寂寞一輩子。

所以，即使寂寞如此深刻，但你不相信寂寞，因為在愛裡的寂寞只會壞事。寂寞會讓人把假的當成真的，以為是一種陽光、一種光的折射，把水氣變成彩虹，覺得靠近點就可以擁有，但卻無法真的觸摸到。

你不相信寂寞，因為你不想敷衍地被對待，所以更不能輕率地去對待別人，因為你如此看重自己的愛，所以別人也才會有理由去尊重。

你不想因為寂寞而去愛上一個人，而是想要因為愛上了，所以才去愛一個人。你想把某個人擺進心裡，而不是只牽在手心裡。

一個男人的告白

夢中情人只存在於夢中，
為什麼女人老是忽略
前面那兩個字。

你用自己的方式，
等待自己的王子。

你經歷過那樣的情境。

一個男人旋風般的出現在你面前，你目眩神迷，然後在自己什麼都沒意識到的狀況下，等到驚覺時便已經身在其中。這是一見鍾情，在你還很年輕的時候發生過。

但現在的你已經不相信一見鍾情了，你早已經過了小女孩的年紀，童話早在第一次、當那個男孩手機裡半夜傳來另一個女生的簡訊時，便已崩壞瓦解。那聲劃破空氣的機器鈴聲聲響，你至今仍然記得很清楚，所以你再也不相信一見鍾情了。

從此，你開始用標準來衡量一段感情，他的年紀、他的學歷、他的待遇，甚至是他的身高，只要是想得到的，你都可以訂定出一套衡量的基準。只要過得了那些關卡，才能拿到晉級的入場券。你做了一個天秤，把每個男人擺在上面秤斤論兩，但最後總發現對方永遠太輕，怎麼樣也在你的心裡占不了重量。你開出許多條

件，最後卻發現自己考量的都在這些範圍之外，而那張入場券自始至終都握在自己手裡面，怎樣都沒有人拿到過。你這才明白，不是他們不夠好，而是自己要的不只是好。

原來，你心裡還是覺得會有白馬王子存在。

你發現自己還是當年那個小女孩，那個半夜流著眼淚衝出男友家門，但心裡還是暗自希望他會拉住你手的小女孩。你知道他是田徑高手，因此期待著他會追上來，可沒想到從此被放逐。那一夜你的夢並沒有毀滅，你撿起散落一地的碎片，然後繼續等待可以拼湊的另一半。你只是學會把心藏好，不輕易被人發現。

只是你不再覺得白馬王子是某一種特定的類型，你不需要王子的救贖，也不需要王子把你從噴火惡龍手中拯救出來，因為比起在馬背上奔馳的刺激，現在的你比較喜歡兩個人牽手走路。

年少輕狂的愛戀已經從你身上卸下，你開始知道自己要的是什麼感情，而不是追求誇耀的戀愛。你更知道，白馬王子並不需要有白馬，手的溫度比甜言蜜語有用。

你也學會不再單憑感覺，因為雖然感覺不會騙人，但人卻會說謊，尤其是自己騙自己。你上過別人的當，但到頭來發現最可怕

的是自己設的陷阱。就像是一見鍾情，原來只是一種情感的投射，而不是一種依據；你把自己對愛情的想像，放到另一個人身上，覺得自己被上天眷顧。你編織了一個美夢給自己，誰也搖不醒，就像是海市蜃樓一樣，你眼睛看得見，但卻永遠抵達不了。

當然你還是會跟隨心的想望，但同時卻也清楚所謂的王子，全端看自己需要什麼人而定。你花了很長一段時間才弄懂，白馬王子是一種自覺，而不是一種規範。你相信繞了那麼大一圈，都是為了讓你搞懂這些事，都是為了讓你把自己準備好，然後等待他的出現。

你知道自己並不是在原地踏步，而是在以自己的方式在前進，如同自己的王子也不需要別人的認同。

以前的你相信運氣，現在的你比較相信眼見為憑，覺得福分是自己掙來的。所以你用自己的方式，等待你的王子出現。

一個男人的告白

沒錢，

還有……還有……

我想不出來。

不再愛的理由。

到後來，你發現單身幾乎變成了一種刻意。

你的人生一直都在軌道上，國小、國中、高中，然後接著上大學再進入職場一樣，你一直都跟著大家的進程，從來都沒有偏離航道過。但是突然間，你卻發現自己變成了永遠的單身進行式。

事情怎麼發生的，其實你並不清楚，只是可以確定的是，等到你察覺時，自己已經處於一個人的狀態好長一段時間。然後，時間長到你再也不去計算，也不去記憶。再後來，人們不再詢問你最近有沒有認識誰？也不再試著幫你介紹對象。就像是小時候的遠足，你一直跟著隊伍走，最後卻發現自己迷路在黑暗的森林，你的同伴都不見了。而你走到了這。

你不是排斥愛情，但是「單身」卻變成了你的標籤。

但其實，單身一直都不在你的人生選項裡頭，你的目標是有人陪

在身邊，還有兩個孩子，可以的話再養條狗，在沒孩子之前則是每年一次的旅行。你都想過這些事，唯一沒想到是自己會是一個人。你也從沒想過，繞了一大圈之後，你竟然還站在原地。你談過幾場戀愛，也轟轟烈烈過，但最後都以心碎收場。然後，心每破碎一次，就比上一次再更難復原一點。

跟著你也才發現，大多數時候，人會越來越能忍受傷痛，一次、兩次……更多次之後，會越來越能適應，就像是某種進化一樣。你習慣了痛的存在，它是你的一部分。但是，只有愛情不一樣，它讓人越來越害怕，只要多受一次傷，心就跟著變膽小了一點。甚至，你覺得自己再也不會復原了。

你開始悲觀，遇到不錯的對象，你想到的都是上一次分手的場景；聽到讚美的話語，你腦子裡都是整地的心碎；看到對方的笑容，你看到的都是自己最後的哭泣的臉。你開始躲，對方多一點你就縮一些；對方踏出一步，你就往後退兩步。最後，離愛越來越遠。你以為你避開的是地雷區，但沒想到推開的是愛情。

到最後，沒有了選擇，變成了你的選擇。

你從沒想過不要戀愛，你也不是害怕受傷。你只是怕痛。你怕那種以為自己永遠都治療不好的痛，你怕那種覺得自己要習慣這種

痛苦一輩子的痛。因為你知道，傷口雖然會癒合，但是痛的感覺卻不會消失。

它是影子，在每回想起時，你便發現原來它就在腳跟，然後跟著再痛一次。於是，你不再試著去愛了。

但是你卻忘了，不愛跟不痛之間其實並沒有關聯。你以為只要不愛了，痛苦就能夠減少，但沒想到，因為不愛而逃避去愛，只會一再提醒你那些得不到的有多美好。然後，痛得更劇烈。你原以為自己有選擇權，但原來是把選擇權丟了出去。你沒有操控自己的生死，你只決定了自己的絕路。

愛情很難，但也很美好。在大多數時候，愛情都需要仰賴一點運氣，你或許無法跟老天爺追討，但你卻可以決定多給自己一些機會。然後，下一次更靠近永遠一點。

一個男人的告白

戀愛才不重要，
所以幹嘛要如此慎重其事地
說「不要」。

不愛了之前，
還要繼續去愛。

後來，你說，你再也不要戀愛了。

那種在上班時盯著電腦螢幕卻會突然失神，等到回過神來才發現
自己雙頰溼潤；那種走路在街上會失去記憶，等到清醒時才發現
自己正站在你們約會常去的餐廳門口；還有在夜晚翻來覆去，想
哭卻流不出眼淚的經歷，你已經有過就夠了。

也就是那時候你才知道，原來痛的極限是沒有感覺、麻木，因為
心早就不在自己身上，怎麼會有知覺。不是覺得痛，反而覺得心
是空的。所以，那種身體跟心都不是自己的感覺，你再也、再也
不要了。

你說，因為你想要過得更好。以前沒有愛的你可以過得很好，現
在也一定可以。

你害怕了。你不想再把自己交出去，因為你曾經那麼全心全意，

但結果卻是支離破碎。你曾經以為順著道路就可以抵達遠方，但沒想到卻在他鄉被拋下，你再也回不去從前，但也抵達不了未來。就像是去赴一場約，半路上對方突然來電取消，你不知道該繼續往前還是後退，毫無預警地，你就被困在中央，進退不得。你真的怕了。

所以，你說，你不要再愛了。生命中還有其他美好的事情。

你把加班拿來當消遣，希望辦公室的燈可以照亮夜晚的黑，文件疊得越高越可以遮蔽心裡的慌。你靠瑜伽來打發不加班的空檔，然後看到鏡子裡的完美姿勢露出滿意的眼光，覺得日益結實的肌肉似乎也填補了心上的缺口。你用吃喝來度過假日的時間，然後在夜店喝到微醺，覺得這一輩子有了這些好朋友就足夠了。但在踏出酒吧門口的那一刻，才發現蹣跚的步伐讓你感覺更不踏實，每踩出的每一步都像踏在軟爛的泥巴上，讓你慌張。即使是盛夏仍舊覺得寒冷，身體裡的酒精也抵擋不住吹來的夜風。

你把越來越多東西往時間裡倒，才發現，溢出來的是寂寞。

再後來，你看著行事曆上滿檔的行程表，卻發現寂寞就像上面的紅字一樣，跟著脹大；你在聚會的場合，懷念起每隔半小時就有人打電話來催你回家的時光。然後在回家關上房門的那一刻，痛

恨自己怎麼沒有再喝醉一點，好讓自己可以倒頭就睡。

因為，愛是無法彌補的。就像發現聖誕老公公不存在的那天，你擁有的夢也已經跟以前不一樣了。移動得越是頻繁、認識的人越是多，就越是發現那塊缺口沒有什麼可以填滿。

你可以選擇要愛或不要愛，但無法否認愛的獨特性。當然、當然，一個人還是很好，但你怎麼樣也忘不了，兩個人可以有多好。一個人可以不談戀愛，但要對得起自己；一旦談了戀愛，就不能辜負自己。

一旦你發現過愛，它就從此存在。即使不愛了，也是自己的選擇，而不是跟現實投降，但在此之前，還要繼續去愛。

一個男人的告白

可以接受自己的前女友
跟自己的朋友在一起嗎？

當然不行。

好朋友的男朋友，
是我的前男友。

除非足夠幸運，否則每個人都會是誰的前男友，或前女友。

這件事一點都不稀奇，直到她告訴你，她跟他在一起了，才起了變化。他，是你的前男友。豈止驚訝，你無比震驚，下一秒就覺得自己被背叛。接著，你對她發了不曾有過的脾氣。然後，她在電話那頭不斷道歉。一句「對不起」、兩句「對不起」……突然間，你才覺得荒唐。她為什麼要跟你道歉？自己又憑什麼可以責怪她？因為你跟他，早就是沒有關聯的人了。

她的坦白，是一種對你的心情的照顧，又需要多大的勇氣，而你，不小心就浪費了她的體貼。

其實你也比誰都清楚，他當然還是不錯，否則你們當初就不會在一起。他的好，你都很明白，只是，不知怎麼地，你們就是分開了。個性不合？規畫的未來不同？你也討厭他抽菸……理由總有那麼多，你數也數不清，但你幾乎忘了，當初讓你們毅然分開的

原因是什麼。但再反過來看，他的優點也一樣多，單純、幽默、喜歡笑……你也說都說不完。

只是非要隨著時間拉長，你才能夠去懂了些什麼。人會長大、會寬容，那時候自己過不去的，現在都已經過去，回頭看還會笑自己幼稚。但人大多數時候也都是這樣，相遇、陪伴，然後一起成長，最後再往各自的方向去。就像是你跟他一樣。

你當然還是覺得有點可惜，你也想過，假如是現在的你們，是不是會處更好？會離幸福再近一點？只是你更懂，愛情計畫不來，沒有辦法在行事曆上畫押註記，因此說什麼「假如」，愛情從來都不是假設題，是只有「圈」或「叉」的是非題。

原來，所謂的愛情緣分，指的就是當初的時間乘上當初的彼此。你們在那樣的時空狀態下，才能走在一起，但也因為這樣，最後才分開。也就像是，現在的你們可能都更成熟了，但就是再沒有在一起的緣分。

跟著你也想到，她一定也有所掙扎吧。「我知道了會怎麼想？」、「其他朋友又會怎麼想？」所以你很想告訴她，不用去管別人會怎麼想，因為愛情常常由不得人、因為幸福往往很難，我們都感嘆過，不是嗎？所以遇到了，哪怕是只有一點點開花結

果的機會，都要去試。我們不也是這樣說過了。

你是她的好朋友，沒有阻擋她追求幸福的理由，因為你真心希望她可以快樂，這是你的體貼。也就像是因為你也是她的好朋友，所以她才因為擔心你的情緒而向你坦白，這是她的體貼。因為你們是好朋友，所以珍惜彼此，才更顧慮對方感受。就因為你們是好朋友，所以為了前男友而不愉快多不值得。

你很希望她能夠幸福，而自己的小情緒不應該成為她的困擾，她的幸福比這個還要來得重要，因為你們是，好朋友。

一個男人的告白

不盲目怎麼可以稱作是愛？
但全瞎跟半瞎，
還是不一樣。

大腦有害愛情健康。

你很確定，愛情最初降落的位置一定是在大腦，不是心。而且是在視神經那個區域。

一定是這樣，所以那段期間你的大腦才會不受控制，做出超乎常理的事情，動不動就傻笑。就像是，早起為他做早餐、開始喜歡穿褲子，然後突然覺得可樂太好喝。但你明明每天上班都會賴床、覺得裙子是女生專屬的權利，而唯一說服你喝冷飲的原因是沒有其他選擇。但在遇見了他之後，那些所有的「沒得選擇」都成了你的「優先選擇」。

更糟的是，接著你的視覺也出現了異常。你眼睛看到的所有事物都被罩上了粉紅色的光暈，偶爾還有七彩泡泡。他抽菸，你覺得太酷；他罵髒話，你覺得超性格；他亂丟東西，你覺得好有男人味；然後，他在夜店摟了哪個妹的腰，你覺得一定是她倒貼。當時要你做什麼都好、他的一切也都對，只要有愛就什麼都很好。

原來，愛情最可怕的地方不是讓你不像自己，而是讓你矇騙自己。

人會美化自己，這是一種吸引力法則，希望將最美的那一面展現出來。也因此，愛情才特別容易讓人矇閉了雙眼，但其實目盲並不可怕，真正可怕的是，熱戀會讓所有的不合理都變成了合理。他的壞用不著他開口講藉口，你就已經先找了理由。就因為把錯的都當成了對，所以才會什麼都美，才會深陷無法抽身。

所以一直要等到激情退去之後，你才有了新的體悟，原來愛情占領的是人的大腦，因此人才會在當時失去意識、視線不清、產生錯覺，就像是一種突發性的高燒。但也就跟所有的疾病一樣，身體會逐漸適應，等到身體產生抗體之後，大腦就會再度奪回自主權，然後，人會開始思考。愛情的現實面終於產生。

於是之後的幾次戀愛，你開始學著理性，把他的好與不好列出表單，交叉比對，就像是股票分析師般地做好停損點，隨時準備收手，這是你的愛情風險控管。但不知怎地，卻還是談不好一段戀愛。跟著你也才更明白，愛情為什麼會選擇降落大腦？是因為戀愛不能使用大腦，一旦動了腦，就動不了情。原來，大腦有害愛情健康。

更因為，愛情的開始就是需要一股衝動、一股傻勁，再加上一點直覺，如果抽掉了這些，愛情就只剩下生活。好好地過日子很好，但對愛情來說卻不夠好。最後你才懂了，理智是愛情的殺手，但如果只有感性，愛情則會殺了自己。談戀愛不能光依靠其中一個。

原來，所謂的「睜一隻眼、閉一隻眼」，不是要用在愛情現在進行式裡，而是更適合用在戀情剛萌芽之時。

任何事過與不及都不好，愛情的道理也相同，你學著在戀愛裡拿捏分寸，不過了頭，也不無法回頭。雖然愛情難免讓人盲目，但你享受愛降臨時的美好，然後偶爾偷偷睜開眼，這不是作弊，是一種保護，因為愛情不是考試。

一個男人的告白

讓男人自願付出
與被要求給予，
雖然很像，但男人心裡清楚，
兩者根本不同。

不計較的幸福。

要讓一個男人最快離開自己的方法，就是，去計較。

如果愛情需要繳交學費，你用了幾次的心碎當作代價，才終於弄懂了這件事。就因為愛太抽象，讓人摸不著也猜不透，所以很容易就把「好」當作是憑藉。至少，那是一種看得到的依據，讓你在心慌得無所依的時候，有東西可以抓著。

好是一種對待，是一種與愛等值的交換，你用它來衡量一段感情，也把它拿來當作是往前進的動力。他對你好，你對他好，這樣我們才會很好。

當時你也以為，男生就是要有風度、男生就是要大方、男生就是要照顧女生，你有那麼多的「男生就是要」，然後忘了「男生可以不必要」。愛一個人，好是應該，但並沒有一個人有義務要對另一個誰好，就因為這樣，所以愛情才那麼難。因為，好，是買不到的，所以很珍貴，就跟愛一樣。只是你沒想到。而你在想著

男生的應該要時，也忘了女生能有的溫柔。

那時候的你也沒發現，自己把他的好拿來當作是刻度，精密計算，然後才決定自己給的多或少。你堅信這是一種公平，一種關於愛的正義。

兩個人在一起就是要互相，你不要求他要對你多麼好，但至少自己不能被占了便宜。要先有關係的對等，兩人才會對等，愛情才會長久。所以你很計較，一切都要平分，把什麼都除以二，但最後才發現，他對你的愛也被你給除以了二。然後，你再也乘不回來。

在愛裡怕吃虧，於是，最後把自己都給輸掉。往往，在最開始想贏的人，最後都輸得最慘。因為，你計較的不是付出，都是愛。

現在回頭看，你才清楚，當時你以為自己掌握住的戀愛，其實都在他手上。你用他的好，來決定自己的付出，多或少，你都計較，原來，你的愛，從來都不是自己的。

到頭來，你還是因為他的愛而愛，最後也因為他的離開而無法再愛。自始至終，你都不是在愛人，而是在計較如何去愛一人。這其實不是你愛的初衷。而愛情怎麼計算公平？愛情的磅秤，其實

是自己的心。

計較、計較，計算與比較，計量的不會是愛情，而是疏離；比來的也往往不會是真心，而是傷心。

一直到很後來你才明白，愛一個人，不該是因為他對你多好而決定，而只是因為愛。你愛他，所以要他好，希望他很好。而，僅僅是去愛一個人，就會讓你感覺幸福。

你懂了，付出是一種心意，裡面包含了不求回報。你愛他，所以對他好，而要是他也剛好對你好，就是奇蹟。這，就是愛情。

所以，你開始不計較，不去想誰付出得多、誰給的少，也不去想你的或他的，因為愛情裡面沒有你跟我，只有一起。於是你學著把那些錙銖必較的心思，用來對他好，因為你想把最好的都給他。

也因為他好，你才會好，要是他不好，你一個人怎麼好。愛情，是兩個人的，沒有一個人可以好、而另一個人不好。而不計較，至少你可以得到一個問心無愧。

但你也知道自己並不是愚笨，而是到了最後，你想相信的是，你

的那個他，也一定會看得到你的付出，並且珍惜著。因為，這才是你要的愛情。

你希望自己不計較，也希望你的他，也同樣是個願意付出的人，就如同你對他一樣。你們不要把愛拿來當作是一場比賽，你追我跑，你們要的是兩人牽手去散步，一種關於愛的生活方式。

你們的愛，不需要完美無瑕，但兩顆心卻要完整不缺。

最終，愛，不是兩個人在比誰付出較多，而是要比，誰可以讓誰最幸福。至少，你懂了這些，你的學費沒有白繳。

我已經打算要接受
你的一切了，
包含，
你不再愛我了。

一個男人的告白

剛好的自尊讓人敬佩，
但有一種人有時卻是過分的自尊，
這就是一種自卑。

咳，我沒說是男人。

柔弱，
才是女人最大的特權。

女人最大的堅強並不是獨立自主，而是假裝需要男人的照顧呵護，然後，再用它來保護你們的愛情。

越是談戀愛，你就越是懂男人某種程度就像是小孩子，共同點是需要人哄、需要人騙，但無論如何就是不會去承認自己的幼稚。也就像是每個小孩都會說自己已經長大、不要把他當小朋友一樣，你不能去跟他計較他不想承認的事情。因此，你不能說他還小、不懂事，你只能去誇他很棒、長大了，跟著再摸摸他的頭。但你心裡比誰都清楚他的不成熟，只是你不去硬碰硬，這是你的成熟。

因為，你知道，女人的虛榮是被讚美，而男人的則是被崇拜。自尊是男人的保護色，他們靠它偽裝自己，讓自己的感覺威風。有時候你會覺得有點好笑，但其實女人天生心智就比男人堅強，不過這點你自己知道就好，不用非要跟男人說道裡不可。愛情，從來都不是要爭輸贏，而是要比相愛。到頭來，你的裝弱、裝笨，

其實要的並不是男人的保護，而是在保護男人的自尊，這點也是你知道就好。

女人靠高跟鞋來增長自信、容光煥發，而自尊是男人的高跟鞋。

這當然是一種愛情的小手段，只是你光明磊落，因為面對愛情，每個人總是會想要拿出最好的那一面。只不過，所謂的「好」的定義，指的並不是要展現自己的優點，而是提供給對方所想望的東西。唯有對方需要了，你的給予才會有意義，你的付出才能夠成立。因此，如果男人仰賴自尊過活，你沒有理由拿走它。

以前你曾經很厭惡那些故作嬌弱的女生，她們的小把戲你都一清二楚，那種拙劣演技只有男人才會傻到被騙。只要一聲嬌嗔，男人就棄械投降。你很生氣，氣那些女生的做作、氣男人的愚蠢，但後來你才明白，你最氣的是自己怎麼就是學不好。再跟著，你也才發現，男人雖然有時候很笨，但其實也都懂女人的把戲，他們不過只是配合演出而已。

你終於才懂了，愛情是一場對手戲，要兩個人一起演出才能繼續，就像是你的故作柔弱可以救回男人的尊嚴，而男人則用行動來證明他很重視你。

你曾經很抗拒這件事，你覺得這是一種侷限，為什麼女人就非要柔弱不可？為什麼你不可以做自己？但人常常在面對自己都不能百分之百誠實了，更何況在最愛的人面前。

經歷過了你終於明白，原來這並不是要你變成另外一個人，因為沒有一段愛情是需要建立在勉強上頭，這只是一種選擇。只是給多、給少，或是怎麼給，端看自己的智慧。再說，去抗拒可以讓愛情變好的可能，怎麼想都不是一件明智的決定。

其實，裝笨、裝傻或是裝柔弱，才是女人最厲害的特權，不去用，多麼浪費。你誇他好厲害，再摸摸他的頭，然後，你們的愛情就可以再好一點。

一個男人的告白

為什麼要說謊？
但我其實也想反問，
為什麼女人都非要知道實話？

若你以為實話
跟幸福有關聯的話，
那就大錯特錯了。

世上沒有完美的謊，
只有認真的欺騙。

說謊，絕對是錯的，這點毋庸置疑。但要求一個人絕對不能說謊，卻也是不對的。

你想，歲月給你最大的啟示並不是教你明辨是非，而是讓你知曉了這世界並不是非黑即白。在大多數時候，我們所經歷的事情都是模糊的，在灰色地帶上游移著，有時候多靠好一點，有時候則是多接近壞一些，沒有那麼絕對。經歷過後，慢慢我們會建立起自己的一套準則，但卻常常還是感到兩難。因為，人就是會軟弱、會膽怯，會有很多的不得不，也因此我們總是掙扎。

就像是說實話一樣，兩個人在一起就要互相誠實，這是一個準則，大家都懂，但並不表示很容易做到。也就像是你總是希望自己可以完美，但卻很難一樣。

你曾經認為只要彼此能夠坦承、不說謊，只要他肯說實話，就沒有什麼解決不了，自己就可以接受、就能夠去原諒，但事後才發

現這原來是一種天真。而你之所以會如此認定的原因，是因為自己將誠實與幸福兩者畫上了等號。這又是另一種天真。

在經歷過一些事之後你才懂，在有些時候，自己的幸福並不是來自於知道多少真話，而是不知道多少謊話。或許這樣有點悲傷，但卻也很真實。

因為，實話不一定都是好的。實話對一個人有沒有幫助，並不在於說謊的嚴重性，而是自己的接受程度。而在大多數時候，我們都高估了自己的能耐。我們都急著戳破謊言，但卻從來都沒學會收拾，因此老是一敗塗地。也因為在發生了些什麼後，你才知道，原來你要的從來都不是他的實話，而是要他否定你的懷疑。跟著你也懂了，其實自己心中早有一個答案，等著他來依循。他如果給不了，你也解決不了。

原來、原來，實話的好壞，全端看自己有沒有能力解決而定。因此後來的你，學會不要去問自己解決不了的問題。

你不再去追究他究竟說了什麼謊？這並不是一種默許，而是你在意的是他說了謊之後的「災後處置」。因為「謊」已經發生，無論如何爭辯都再改變不了的事實，但他怎麼去看待這個謊，才是真正的重點。說謊，是一種欺騙；但如何處理謊，才是一個人對

自己還有沒有心的表示。越是擔心你受傷、心疼你流淚，他就越是應該認真地說謊。因為，一個人要是連圓謊的意願都沒有了，你就連原諒的藉口都找不到。

你討厭說謊的人，但更加無法忍受，不認真說謊的人。

然而，你心底還是很明白，誠實是好的，你的信念始終沒變。只是，你知道了人會犯錯，於是學會不再心急，你試著先把問題加上時間，再去找答案。你開始學著對生命柔軟，相信它也會同樣如此對待你，或許這樣才是好的。有些問題的解決需要我們仰賴自己的智慧，但更多時候，有一些則需要交給時間。

而最終，你不去追究他是否說了謊，並不是寬待他，而是放過自己。

Letter 3

不要只是
習慣了痛的感覺

：

愛情裡面
從來都沒有錯的時間與對的人
因為只有對的時間與對的人
愛情才能成立
其餘的都是傷心

一個男人的告白

浪子回頭？
不是說男人不會回頭，
而是，與其去等一個人回頭，
不如去找一個在凝視著你的。

去愛一個人的好，
而不只是他的好。

愛情，你永遠都有選擇權，可以選擇要不要跟一個人在一起或繼續等待，而不是非愛誰不可。

那天，你不小心在電視上看到了已經重播不下幾百次的《新娘百分百》，多年後再看，終於有了新的體會。初次看這部電影時，你還很年輕，即便沒談過幾次戀愛，但早已不相信劇裡面那種大明星愛上小百姓的故事，那是一種愛情的幻想，並不存在於現實生活。而現在，你比那時成熟許多，在戀愛路上跌撞了數次，甚至好幾次都以為再也爬不起來，你比以前更加覺得愛情不可靠，但是，卻反而更相信了這部電影裡的愛情。

這當然是一種經歷過後的理解，那些伴隨的傷痛得來的體悟，原來，愛情成敗的關鍵其實不是你多愛一個人，或是對方多愛你，而是，自己愛上的是不是一個好的人。就像是這部電影，原來要講的並不是王子童話般的戀愛，其實要說的是，看到了一個人最原本的內在，然後再選擇去愛。因為或許愛情難以捉摸，但人的

本質卻不容易變化。愛情當然需要有電光石火，但卻並不是要你
只依賴感覺去愛一個人，裡面還包含了自己的選擇權。

愛情並不是多談幾次就會好結果，也不是多付出就會成就，因為
愛情從來都不是公平交易，所以你只能培養自己的好眼力。

而所謂的好的人，並不是指他不偷不搶、不作奸犯科，因為這樣
的人充其量也只能算不是一個壞人，然而良善，需要更多的是他
有著同理心。就如同他對你冷淡的那一天，你在夜裡垂淚心碎，
然後暗自反省，覺得一定是自己太小孩子氣，不能體諒他。他讓
你傷心，但你仍在照顧他的心情一樣。

那時候你才懂了，原來，愛情是他在傷心時候還會顧慮到你的擔
心。他不單只注視著自己的情緒，而是連你一起考量進去，因為
他跟你是「你們」。

當然，愛情的表現形式有很多，每個人付出及給予的方式也都不
同，但相通的卻是你在裡頭感受到了什麼。退到底線，到頭來愛
情常常求的就是自己在不在他的心裡面。有沒有心，或許難以言
喻、無法說明，但卻是昭然若揭。

而太習慣一個人的人，在愛裡也會像是獨行俠，他們並不是真的

自私、無法給予，而是，他們只會用自己方式去愛人，這樣沒錯，只是在愛情裡面就是不夠好。不壞，但卻不夠好。

去愛一個人其實不難，難的是對方是否有跟你相同的回應，愛情是要給對方需要的，而不是自己想給的。而能夠站在對方的立場去思考，就是一種愛的基本表現。即便是，好的人最後還是可能會讓你受傷，但他仍舊會考量到你的傷心，或者傷痛就可以跟著少了一點點。至少，在你身心俱疲的時候，再不用追著他問，你有沒有想過我？可以保留僅有的、剩下的自尊。

試著去愛一個好的人，而不只是他的好：學著去愛一個好的人，或許不能保障愛情的圓滿，但是，可以肯定的是若愛了一個壞的人，只會離好更遠。人難得的是有一副好心腸，其實愛情也是。

一個男人的告白

友達以上、戀人未滿？
聽起來比較像是小說情節，
男人的世界裡，
常常都只有「愛」與「不愛」，
再沒其他。

不是愛，
是很像愛的，愛。

沒有擁有，就不會失去，也就表示永遠不會結束。永恆，愛情最讓人渴求的部分，或許唯有靠這種方式才能夠得到。

這或許也是在一段沒有開始就結束的愛情裡頭，最大的一個收穫，當然，那如果可以稱得上是一種愛的形式的話。在事過境遷之後，你終於可以這樣想了。你幾乎要忘了一切是怎麼開始的，可能是一個眼神、一抹微笑，或是一個靜默的片刻，你們突然有了交集，然後開始聯繫、問候、互相關心，你以為這是一種前進的方式，是一種默契的累積。

這種默契比較像是一種心照不宣，你們開放了彼此某部分的領域讓對方駐足，但也無法要求對方給予更多，取得一個微妙的平衡。曖昧，然後生平第一次覺得這樣很好。可以收穫，但卻不用負責任，你再不用拿承諾來換取些什麼，簡直是一種夢寐以求。

你前進著，但卻沒想過終點在哪裡，你只知道現在很好，並希望

以後也會一樣好。你並不著急，他也是，只是，你怎麼也沒想到有另一個她比你還積極。於是你連要不要點頭都來不及思索，他就已經先應允了一個誰。

那時候你才懂了，就因為不說破，所以也沒有約束力，他可以說不要就不要。原來，承諾雖然不能保證些什麼，但至少讓人可以名正言順。

你當然很傷心，但是卻更惱怒。你生氣自己浪費了這麼多心在他身上，也生氣他怎麼沒有詢問過你，但其實你最氣的是，自己是不是錯過了一次愛情的機會？但你也知道，其實自己連傷心的理由都沒有。他從來都沒強迫過你些什麼，而你也從來都沒要求過什麼。當所有的情緒，當那些憤恨、不解以及傷心隨著時間消化之後，這一切才終於慢慢清晰起來。

你才慢慢發現，原來那些自己以為的追求，其實並不全然是愛，其中包含了是更多的不甘心。你之所以不想要放手，也不是因為真的很想要擁有，只是單純的不想失去，習慣的成分大於愛情。因為已經太習慣他的存在、他的噓寒問暖，這一切都讓你有了愛的想像，更因為眼下再也沒有其他人可替代，所以才會捨不得。

雖然，捨不得是一種愛的表現，但在更多時候，捨不得跟不甘心

卻很像。差別是，捨不得是為了成就愛，但不甘心只是為了不認輸。但愛情，從來都不是一種競賽。

一直到很後來你才明白，原來，所有的愛都是一種經歷，即便連那些稱不上是愛情的也是。因為所有對待，其實都是拿來幫助自己驗證與整理，然後在往後的日子裡派上用場。只是從一段關係裡面能夠得到什麼、收穫多少？就得各憑本事，就像是跌跤的疤，有人當作是成長，有的人卻只看得到深淺。

也就像是，一段還沒萌芽就早夭的戀愛，你不再覺得是遺憾，而只是可惜。它是用來提醒自己還有愛的能力，你試著把它當作是生命裡的一個印記，然後懷抱著那種愛的溫度，有朝一日，再去愛下一個人。

一個男人的告白

離開一個人就不要再往回看了，
不為什麼，
只為了自己好，
光是這個理由，就很足夠。

那些再與你無關的
幸福。

一直到很後來你才驚覺，原來，與一個人徹底的決裂並不是你們
分手了、再無關了，而是，你準備要與跟另一個人牽手了。

一段關係的結束，無論分開的原因是什麼，縱然結果再怎麼難
堪、難以忍受，但隨著時間的拉長，那些伴隨著生活而來的磨練
與挫折，都會讓人的心境有了新的轉換，然後得以釋懷。或者這
不真的是一種原諒，但可以確定的是，每個人總會找到一個讓自
己變得更好的方式去面對事物。這也不能說是一種逃避，反而比
較像是一種解答，你不再追求絕對，開始認同模糊地帶。任何事
只要攤到歲月的面前，終會迎刃而解，只是先後的差別。

所以，你才會常常看到那些淚眼婆娑叫喊著無法原諒的，都能釋
懷；那些死命拉扯誓言絕不鬆手的，終會放下。也就是那個時候
你才發現，原來，恨是一種自保，它讓你在崩壞的愛情裡得到憑
藉，讓你得以繼續，然後再保有信仰。恨，是一種你用來證明愛
情的方式。

所以當有一天，你終於不再以此獲得安慰時，才相信自己是真的放下了。最終，那些過不去的，時間會推你一把；那些惦記著的，歲月會用其他的記憶堆疊覆蓋。

歲月是一面沙網，回憶在上頭滾動，然後把鋒利的都磨得圓滑，篩選出好的部分，那些相愛日裡最單純美好的細節。

也因此，當那些憎恨不再騷動時，取而代之的是你們共有的那些美好。你記起那些往事，你們一度是彼此生命中最重要的對待，曾經擁有彼此給予的愛，過了一段還不壞的日子，這些都是真的，所以你日後才會需要花時間去恢復。那一些你輾轉不成眠的夜晚，其實示意的都是他對你的那些好，因為，他一定有哪裡好，你才會如此念念無法忘。

然而，終究你們是分開了。你從沒有想過會有這一天，因此才打擊很大，才會遲遲無法清醒。你傷心的並不是他遠離了，而是，自己曾經把幸福託付給他，你一直都打算跟他一起往前走。就像是接力賽，你原本以為他會在轉彎處接棒，但卻撲空，整場賽事只剩你一個人。而你那些所有與幸福有關的一切設想，裡頭都包含了他，這點最叫你悲傷無法自己。你，還有愛想要給他。

所以從今而後，不管你在誰的身上獲得幸福，都會感到悲傷。不

是因為不圓滿,而是在獲得的同時,也是提醒了你,之後你的所有的幸福,真的、真的再也不是你們。那些你曾經希望他給予的,如今有了另一個接手。不管你們分開了多久,這回,才是真正的告別。

你想,這是自己最後一次可以再為他傷心,以後你都要全心去幸福,與另一個人。你也很想謝謝他,謝謝他給你一段難忘的回憶,到了這一刻,你欠他的,終於能夠真正的還清,你的喜悲終於自由,不再與他牽連。

也就如同你的幸福,再也與他無關。

一個男人的告白

男人不是沒有傷口，
只是角質比較厚、
比較不怕痛而已。

原來，遺忘的感覺不是痛，
而是很寂寞。

原來、原來，遺忘一個人是這麼，寂寞。

有好長一段時間，你都是一個人。即使工作一樣忙碌，身邊圍繞著盡是和氣的同事；即使身邊的朋友總是貼心地在假日陪伴，但是、但是，那些聲音總是進不了你的耳裡，花花世界都與自己無關。就像是在深海裡，你的視線還在，但聽覺卻消失了，你只聽得到自己的呼吸聲，以及慌張的心跳聲。原來你被放逐了，地點是深海，從他拋下你的那一刻起。

他用了殘忍的方式離開，是個不爭的事實，因此你才會痊癒得這麼慢。然而後來你才知道，其實自己是選擇性失憶，你別過頭去，不看傷口，好讓自己可以忘了傷口有多大。直到某日不喊疼了，你才記起原來自己有傷、而且已經完好了。原來，痛是療癒的證明。於是，你現在站在這裡，一回頭，才發現自己已經走了好遠的路。

別人忍住了痛，而你卻是習慣了痛的感覺。

就像是受了傷，你期待只要自己進了醫院就會得到醫生的治療，以為只要手術過後，自己便能重獲新生。但其實不是，手術並沒有辦法讓你的痛少一點。術後的復原期才是真正的治療，復健、傷口癒合，以及頻繁的換藥，那才是讓人康復的關鍵。你才明白，在開刀房裡，醫生只是保住了你的命，但恢復原狀，則要靠自己。愛情也是同樣的道理。這是你在那段期間學習到的事情。

其實現在回想起來，那次失戀給你所受的傷並沒有那麼大。當然，你隱約還記得自己三個月瘦了好幾公斤的事，那時朋友一臉不可思議外加羨慕的表情，你都還記得；還有常常不自覺落淚、面紙消耗特別快的事你也都沒忘記。

只是，不知怎麼地，卻都像是很久之前的事，甚至你一度以為是從某部電影或是某本小說看到的情節。你從沒想過，這種老掉牙的劇情，會發生在自己身上。

然而，人是會自我療癒的生物，這是一種動物自我保護本能。所以你才會發現，原來緊抓回憶不放，或是別著頭不去看，都是一種假象療癒。因為比較不疼，所以你覺得自己沒事。但終究，花了一點時間，你還是痊癒了。時間並不是最好的解藥，但卻會幫

助你稀釋痛苦，所以，你必須要給自己復原的時間。

你愛了他一場，要立刻就把心拿回來是不自然的事，有時候慢慢來比較快好。直到有一天，你會覺得自己已經好了。雖然碰到了傷口你還是會感覺到一點疼痛，因為新生的皮膚還很脆弱，但是，那卻示意了康復。

就因為人會痊癒，所以才能有愛的能力。因為還想再去愛，所以就不能怕疼。

因為還有愛，所以就，不會疼。

一個男人的告白

你問，為什麼男人
總是無法專情一個女人？
我說，犯賤。
還有嗎？

沒有了。

愛是太陽離開的
聲音。

無法擁有自己所愛的人，痛苦；但擁有了一個不能夠公開的情人，煎熬。

在他身邊甦醒、一起去吃早餐，再一起去逛街，當你過馬路時，他會叫你注意來車，把你的手拉進他的胳臂勾著，然後你會笑，從眼底把幸福給笑了出來……你腦海中浮現過無數次這樣的畫面，這是你對愛情的想像，很日常、卻很珍貴。所以，你怎麼也沒想到你會談了一場不見天日的戀愛。他的女朋友站在你們面前，遮住了光。他擁有，女朋友。

你已經忘了你們是怎麼在一起的，但對於你是如何妥協，你卻印象深刻。不能打電話、簡訊用代號，就連約會都要先預約，你做了很多的讓步，就連分手後，「前女友」這個名分你都跟著讓了出去。

你不是他的另一半、不是他的知己、不是他可以提起的名字，就

連在路上遇到都要裝作不認識，連「朋友」這個名分你都得不到。你很想哭，不是因為覺得辛苦，而是覺得自己很可悲。你把自己都讓了出去，拿回來的卻是傷心。

你以為愛是一種互惠，你對我、我對你好，然後我們相愛。但怎麼也沒想到自己的愛卻是要跟別人分來的，你變成了乞丐，沒有人給你祝福，只有同情。

讓自己幸福是你的信仰，你是愛情動物，有愛最大，愛情可以不管對錯，只求幸福。於是你要自己試著去想愛情的本質，愛要開心、要歡欣，但如果自己總是在哭，總是與愛背道而馳，這樣還算是愛嗎？原來、原來，是自己把愛情變成一項奢侈品，既無法真的得到，但也抗拒不了。奢侈啊。想到這裡，你又哭了。

於是你也才懂了，為什麼「暗」這個字是一個「日」與一個「音」，怎麼太陽的聲音是黑暗？原來，那是它離去的腳步聲，就像你們的愛，無法公開、不被照耀祝福。也就像是你的眼淚，流得再多，也不被承認。

只有他們是「明」，有日也有月、有夜晚也有白天，而你們只有「暗」。

但你無法放棄他，因此只好要自己不去想她，他的那個她。你不是鐵石心腸，相反地，你知道自己傷害了她，所以才更不能去想她的傷害，你只能想自己的快樂，唯有這樣愛情才能繼續。但跟著你又想到，與他一起，你得到最多的是委屈，幸福從來都很遙遠。用她的心碎當土壤，與自己的淚水當灌溉，究竟想結出怎樣的果？你那麼自私、千夫所指，但卻什麼也得不到。

一開始，你最常想起他，跟著嘴角會上揚；再後來，你最常想到的是她，然後連自己都討厭自己。

他說，你是對的人，只是在錯的時間遇到；而她，剛好在對的時間出現，如此而已。於是，你追著他要答案，既然如此，為什麼不離開她？但常常卻只換來了他的沉默。他老是說，事情很複雜，你覺得好笑，把事情變複雜的不就是你嗎？你這才驚覺發現，原來他給不了的答案，其實是在自己身上。他不是沒有答案，只是給不起。

男人都是小孩子，喜歡搞破壞，卻不擅長收拾。但是，你卻也不是他的老媽。

你想要在大馬路上手牽手，而不是等待深夜裡的簡訊；你想要被祝福，而不是被成全；你想要記得他的笑臉，而不是她的淚水；你

想要對得起自己，而不是對不起她。然而最終是，你想念太陽，你想讓陽光蒸發淚水。

愛情裡面，從來都沒有錯的時間與對的人，因為只有對的時間與對的人，愛情才能成立，其餘的都是傷心。你懂了，你很慶幸自己沒有白白傷心。

你把收拾殘局的責任還給他老媽，因為你，想要當某個誰的女朋友。

我們就到這裡就好。

以後你是你，
而我是自己的了。

我很傷心，
但這樣是最恰當的關係。

一個男人的告白

前女友可以當好朋友嗎？
當然可以。
只要現在的女朋友同意。

從前男友，
現在好朋友。

你一直覺得，能夠和平分手是一種福氣。

兩個人能在一起，機率有多麼低，你很明瞭，就像是你後來再也談不成新的戀愛一樣，你清楚知道愛情有多麼不容易。也因此，你很珍視你的前男友，即使分開了，你仍舊珍惜兩個人曾經牽手的緣分。

他的好、他的優點，其實都還在，就跟當初你愛他的時候一樣，這點沒有因為感情結束也跟著終結。他還是那個他，你所喜歡的那個人，只是你在經歷過了才知道，愛情除了需要緣分之外，時間也需要跟上腳步才行。

有時候兩個人分手，並不是因為其中一方有錯，而是人會長大，愛情也會，就像是一起成長的兒時玩伴，上了高中大學都要選擇自己有興趣的科系一樣。愛情也沒有錯，但你們就是離開了彼此。你們沒有拋棄對方、更沒有誰對不起誰，只是愛情停在原

地，而你們卻繼續往前走了。但你們曾經給予對方的，是沒有人可以替代的，你們都很清楚知道這點。

因此，你不覺得你們是被迫分開，你們只是發現兩個人的步調不同而已，所以你沒有很傷心。因為、因為，即使最後的結果並不如當初預期，但你們都很努力過，你們都對得起愛情，所以才約好誰都不准哭。

你們一起經歷了愛情，就因為如此，所以才更捨得放手，把淚水變成祝福。

如果分手後就不能當情人，那就太悲哀了。你們曾經是最熟悉彼此的人，你們曾經在那麼長的一段時間陪伴彼此，把自己交給對方，他還是世界上最懂你的人，知道你討厭草莓、喜歡蜘蛛……你也知道即使是現在，在自己脆弱時候，他仍會是你的後盾，支撐著你，就像他知道你也會為他這麼做一樣。這樣何嘗不是一種福氣。所以你們還是對對方好，就跟當初一樣，只是所有的好都轉換成另一種稱謂，繼續延續下去。你們的默契還在、心意還在，唯一不在的就是愛情。

然而，他給你的愛，並不會隨著兩個人的分開就一筆勾消。反而是變成了一種廝守，以另一種方式留存在你的心裡。

但真要說不覺得可惜，是騙人的。有時候你還是會不禁想起，你們兩個是不是還有另一種可能、另一種溫度與溫柔，或者是，要是當時你們再多努力一下，就會有不同的結果？特別是在夜晚，當白天的喧譁隨著夜色沒入黑暗中時，這個疑問句就益發的清楚。可其實你也知道，這只是自己的偏執，而不是愛情的樣貌。

愛情要是努力就可以，你現在也就不必浪費力氣緬懷。

你寧願這樣想，自己是在陪他走一段路，你們彼此相伴，而有一天會有另外一人出現在他身邊，替你照顧他，你也才可以放心的離開。但在此之前，你們都是在替將來的那個人先照顧好彼此，這是你所能給他的最後的祝福。

而你也相信，他一定也同樣在這樣祝福著你。他是你的前男友，也是你的好朋友。

一個男人的告白

男人多有控制欲，
喜歡把什麼東西都占為己有，
手裡握住的跟心裡的安全感
可以直接畫上等號。

愛情裡沒有為誰好，
只有一起好。

在愛情裡頭，「為你好」終究只是一種卑鄙。因為愛情是兩個人的。

人不完美，所以才會追求美好，所以才會好還要更好，你當然懂，所以也很努力。但愛情和工作不一樣，愛是兩個人才能成立，唯有一起努力才能往前，不是一個人可以獨立支撐起來，愛是一種共同體。所以你們需要交差的人也只是彼此，不是外面的某個誰，因此，當他講著「為你好」時，說明的不過是你需要交差的人，就只是他而已。

而只要扣上了「好」這頂帽子，你就再不能反抗，因為他的出發點是好意，你不能伸手去打一個笑臉人，因為要是動了手，卑鄙的人就變成是自己。你會變成是一個不講理、無理取鬧的人，如此一來，他的「為你好」就變得更加確立。你幼稚、你聽不了建言，所以還要再更好才行。當他說出「為你好」時，講的其實都是你不夠好，都是先把你的不好擺到前頭。

他用否定你的方式幫你做決定，要你依循，跟著再說明自己沒有私心，這其實是一種卑鄙。

你以為自己已經過兒童階段，那種無所依什麼都不懂，需要大人教導的懵懂年紀，但沒想到他的一句「為你好」，又把你打回了童年。他把你當成了未經思考、不懂世事的小孩給予指引，而不是溝通。你太懂這是怎麼一回事了，你怎麼會不明白，你經歷過什麼、依循過什麼，然後推翻又重建了什麼，你所現有的一切都是這樣累積來的。所以當他打著愛情的旗幟在你面前熱血吶喊，你卻感到心寒。

因此，當他說著「為你好」時，你聽到的其實是「自己是一個人」。他把你排出了「兩個人」之外，把你擺到「愛情是一起」的外頭，他想到只是你要變得更好，而不是我們一起變得更好。你要變得更好，不准這樣、不准那樣，唯有這樣你才更配得上他，他才會更愛你。他的「為你好」，其實包含最多的都是「為自己好」。

這也是一種自私，他用自己的愛的模式，套用在你身上，而不是去考量你的不同。愛情裡面有兩個人，兩個人加起來才能等於愛，愛是兩個人一起的事，而不是一個人的作主。

所以，你再不要「為你好」的男人，你已經過了獨自闖蕩的年紀，你要的是一個當天黑無光時，會牽著你的手說：「我們一起走，我陪你。」的人，而不是要你獨自面對的對象。

你當然可以很勇敢，只要很努力就可以做到，但如果兩個人在一起了，卻還要你一個人堅強的話，你問自己為什麼還要他。這也不僅僅只是說詞上的轉變，而是根本心態的表述。因為愛情，說的就是一個人無法獨立完成的事。

更因為，愛情裡沒有你好、我好，只有一起好。而你要的是，「一起好」的人。

一個男人的告白

要結束一段感情，
最先放棄的人，
會被說是對不起另一個人；
而最後放棄的，則是對不起自己，

你選哪一個？

我們，
不要再為難了。

愛情需要很努力，你當然懂，但在很多的時候，最難的卻是，何時該放棄？

或許就是因為知道愛情的難處，也或許就是因為經歷過幾次真心卻傷心的戀愛，所以你才懂得更加去珍惜兩個人可以在一起的緣分。這是以前讓你心碎的人給你的禮物，他們傷害了你，所以你曾經自暴自棄、怨天尤人過，然而，最終當你走了過來，像是今天站在這裡時，終於可以滿懷感激。

你學會不再把上一個人的過錯加諸到下一個人身上，而是試著把自己曾犯過的錯在下一個他身上修正。

你也學著不再回頭看，不再去惦記那些傷痕累累的記憶，縱使偶爾觸及到結痂時，心還是會跟著瑟縮一下。但你很清楚，其實那些傷口都還在，只是同時你更明白的是，自己當然可以去等待一

個誰來愛自己，但如果自己可以先給愛，或許就會更容易一點。就因為愛情已經那麼難，所以你才不要一絲一毫是自己給的為難。而這些，都是非要走過那麼一遭才能真心體會。

然而，愛情卻常常不是努力就能成就，你也不知道要費多少心、盡多少力才算足夠？於是，只能要自己去努力。

他覺得高跟鞋太招搖，你改穿平底鞋；他認為短頭髮不夠有風情，之後你上髮廊都不會剪超過五公分；他喜歡女生微笑的表情，你開始對著鏡子練習嘴角上揚的弧度。你可以不在乎這些改變自己喜不喜歡，只要愛情能更久一點。

你原本以為那些讓步都是為了成全愛情，但最後，你才發現成全的只有他而已。

愛是兩個獨立的個體在一起，你們有些地方相同、有些則不一樣，所以最後才能夠走在一起，也所以才能夠豐盛。而兩個人要往前走的退讓與妥協都是一種必須，只是、只是，這些都應該是對愛的付出，而不是把另一個人變成了自己想要的樣子。

愛情，應該是讓人更喜歡自己，而不是離喜歡自己越來越遠。你

連自己都說服不了，又怎麼能去說服愛情。

所有的愛情，都不應該是要建立在討厭自己上頭。一旦你開始討厭自己，最後，就會跟著討厭你們的愛情。因為，你所有的厭惡都是從愛所衍生。

你終於懂了，討厭自己，原來就是一種為難的象徵。

就因為為難了、不舒服了，所以你才不喜歡自己。你為了愛情，為難了自己；而他則為要把你變成他所想要的，也為難了他自己。到了最後，這些互相的為難，都會變成是為難了愛情；因為自己不舒服了，所以也變成了不舒服的愛情。

最後你才體悟到，或許在大多數的時候，愛情並不是要我們非要一直勇敢不可，而是，要我們發現自己是怎樣的人，有多大的能耐。然後，愛。

愛情不是努力就可以，但你知道要是不努力，就更不可以。所以，你還是要自己去試，但是也學會不再為難自己、為難彼此，在適當的時候放手。

你終於不用再說服自己什麼都可以,而是去看,你們之間到底可不可以。

我想我最懷念的，

並不是你給我的愛，

而是我們一度是

彼此的全世界。

慢慢，
把現在走成未來

：

愛情是

別人怎麼說、怎麼看不重要

重要的是你相信什麼

然後，去努力達成

一個男人的告白

要愛上一個人很容易，
但要被自己喜歡的愛上很難；
要放棄一個人
或許也不那麼簡單，
但要不離不棄，更難。

一起努力的人。

每個人的一輩子都會遇見幾個愛自己的人，要是運氣夠好的話，可能會有更多個，但要遇到不輕易放棄的人，則需要超級幸運。

年輕的時候，你想要的戀愛是濃烈炙熱，要每分每秒都感受到自己正為對方而心跳著，你們是彼此的天與地，如此才有愛著的感受；年紀稍長一點，你開始追求安適自在的關係，你們在彼此的世界互相照顧，不為難也不勉強，覺得安全感比起幽默感重要；而現在，你想要的則是一個有毅力的人，你們視對方為最重要，不再是一種口號，而是一種行動，你們不追逐彼此，但一起手牽著手面對時間，希望不要被它給拋下，恆心才是一種真正的心意。

因為你曾經遇過幾個人，他們都對你很好，手上永遠是鮮花和禮物，只是一遇到困難就放手；他們也都很愛你，開口閉嘴都是甜言與蜜語，但是碰到幾次挫折就噤口。

他們都愛你，只是愛有深淺；他們都很好，只是在面對難題時不夠好。當時你也才驚覺到，原來堅持比重新開始還要來得困難，因為站在去努力面前的是可預期的阻礙，而在開始面前的卻是想像。所以，不放棄，很難。

跟著你也才懂了，要放棄一份愛情，或許是一件困難的事，但願意繼續留下來努力，則需要更大的心意。

每段關係的結束總能有一千個理由，然而，真想要繼續堅持下去，其實也同樣可以找到一萬個理由。你很明白這一點，因為任何事都是一體兩面，有光就會有暗，也就像是愛情一樣。雖然你們有過些爭執與不愉快，但更是一起度過了一些美好的時光，不能夠因為一些壞的，就將好的全都一筆勾銷，重要的應該是如何將壞變成是好的。

任何關係都沒有絕對的好跟壞，只有自己怎麼看待，而能不能繼續往下走，也是同樣的道理。

於是，你再也不去問「你會愛我多久？」你比較想知道的是「你願意努力多久？」因為常常，愛情最叫人灰心的是，你明明還想要努力，怎麼他已經決定要放棄。你還在想以後，但他卻連過去都拋棄。你並不是天真的人，知道愛情不能勉強，但就是因為如

此，所以你更加要求愛情，你們要很努力的在一起，然後一直到分開之前，也要同樣那麼努力。

你求的是一種愛情的同進退，你們一起戀愛，若有日終要結束，也是一種盡心盡力，而不是你丟我撿。

你才明白了，或許你一直在找的，並不是最愛你的人，而是那個在第三十次爭吵過後，還願意笑著對你說：「我們再試一次。」的人。原來，一直以來你要的都是那個依然留下來、那個還是願意跟你一起再努力的人。

你要的是，一起努力的人，不輕言放棄，一起把現在走成未來的，那個人。

一個男人的告白

國父革命十一次才成功，
我不能跟國父比，
所以有二十次的機會。

於是你給了自己
再愛的機會。

給自己「再重來」的機會。

那一次戀愛給了你很大的打擊，他用了殘酷的方式丟下你，因此你才會傷了那麼深。所以，你怕了。你告訴自己不要再戀愛了，因為愛情最後帶來的淚水比幸福多，一連串的失敗，也幾乎讓你粉身碎骨。你並不是害怕愛，而是怕只要再一次打擊，自己就會從此一蹶不振。你把自己當成醫院裡的診療醫師，這是你的傷後處置。

就像是小時候學騎腳踏車一樣，你在學校的操場上重重摔了一跤，從此把它鎖進倉庫裡，你也封鎖住自己。但你想，會騎腳踏車並不是人生必須，不會也無所謂，於是，你也說服自己放棄了愛情。

因為，人生還有其他事可以追求，比如事業、比如友情，比如你也想多花點時間陪伴家人，更何況還有電影、音樂、旅行，人生

如此美妙。還有，夢想，你曾經為了愛情放棄的夢，如今又可以放回在手中了。為此，你感到開心。人生的確有許多美好可以尋找，要是可以找到了其中一樣，多麼美好。

但是，人生也有很多事，越早學越好。例如，戀愛。

就因為你失去過，所以知道它有多難，所以才更需要花時間去練習。當然，愛情不是學習就能學得會，你看過無數本兩性勵志書、讀過多少心理專家建議，但到最後往往發現能夠幫助自己的只有自己。就像是當年學騎腳踏車，爸爸跟你說左右腳擺在踏板上輪流踩一樣，要是自己的腳不出力氣，輪子也不會自己轉動。但也如同是倉庫裡的單車上的第三個輪子始終都沒拆下過一樣，你也一輩子都學不會騎車。

更重要的是，你必須給自己「再重來」的機會。

也就跟學習語言一樣，年紀越大就需要花上加倍的時間才行，記憶的能力也會越來越弱。而勇氣也跟記憶力一樣，會跟年紀成反比，隨著年齡增長就流失得越多。小時候，你摔了車，傷口三天就復原，掉了痂的新生皮膚很快就適應舊有的。但隨著年紀增長，你才發現不只是新陳代謝變差，就連療傷的能力也跟著一併削弱。你加倍記得痛的感受，心裡的痂好幾年都脫落不了，卻發

現只有勇氣不斷流失掉。

而，勇氣，是相愛最重要的關鍵。

繼續去愛，不能退縮，因為要是現在怕了，以後會連怕的機會都沒有。雖然愛情不是練習就能得來，甚至也不會讓愛變得更容易。但你也終於才明白，如果不去練習，將會更加不容易。給自己再愛的機會，然後，也有再重來的機會。

一個男人的告白

說了什麼？
又怎麼看我們？
誰是那樣評論？

但我比較想要知道的是，
你怎麼想？

愛情是，你相信了什麼，
然後努力去達成。

比起愛情的結束更讓人悲傷的是，兩個人在還沒有開始前，就先宣告投降。

怎麼去定義愛情的輸贏？怎樣是成功？怎樣又叫失敗呢？那天，有人這樣說著，你才終於恍然大悟。我們總是太容易把一段關係的結束跟失敗畫上等號，就像是考試卷上的紅字，無論你過程如何努力、兩個人曾經如何貼近彼此，但統統一筆勾銷，結論全單憑結果而定。你們沒有廝守到終老，所以一敗塗地。

也因此，我們才會即使愛情已經滿目瘡痍，但仍不願放手，守著的只是傷痕累累。我們都太容易以為，握在手中的才叫擁有。

你也試想，或許世界上並沒有所謂「成功的愛」。愛情的成敗不該是用最後圓不圓滿來論定，而單單是以自己的心的感受來決定。

你們很努力了、你們很盡力了，不後悔了，所以最後才捨得放手，這就是一種功成身退。常常愛情求的，不就只是一個全心全意而已。而不再為難彼此，放手了，就是一種成全。

只是，可能愛情結束的理由會有上千個，但其中最廉價的，就是在別人的眼光之中輸掉。你太知道這點了。

因為在大多數的時候，愛情只是兩個人的事情。愛情當然會有困難，但反過來說，要是彼此不夠堅定，任憑外人再怎麼祈禱祝福、捧在手心，最後仍是成不了局；而縱使遇到再多的阻撓，最終能撐過去的也只有靠自己的心而已。

他人的祝福向來都只是錦上添花，真的遇到難關，可以雪中送炭的只有對方。堅定，是愛情遇到的第一道關卡。而能夠成就愛情的，從來都是彼此的心，而不是那數百張的口。

再完美的愛情，都會有難為外人道的苦澀；而看似千瘡百孔的關係，也都有甜蜜幸福的片刻。愛情，本來就是兩者交錯而成，並不是單一的組成。而不被看好的愛情又如何，因為有許多如童話般王子公主的愛情都是在眾人的喝采中應聲碎裂。愛情很公平，從來都沒有因為你多拿到一點祝福，考驗就會跟著少一點。別人的祝福要是真的管用，今天就沒有悲傷的情歌傳頌。

到頭來，其實並沒有所謂的「被看好」與「不被看好」的愛情，因為，一段關係的好壞成敗，從來都跟別人的看法無關。

所以，最終你還是很慶幸自己去愛了，即使不被祝福，最後仍會告終收場，但你不覺得是浪費，因為唯有這樣想了，才是真的白費了自己曾付出的所有，才是對不起曾經那麼努力的自己。

你跟他曾經有過美好、曾經在這世界上有個人那麼懂你、曾經有個人讓你覺得他比自己重要，然後，他也覺得你最重要，這些都讓你覺得如獲至寶，一切都太值得，若是沒有經歷過怎會擁有。因此，你還是要繼續去愛，懷抱著這樣的信念去愛一個人，然後慶幸。

一個男人的告白

我的終極幻想是什麼？
制服？名模？後宮三千？
其實這些都是假的，
男人沒說出來的那些，才是真的。

我們還有彼此，
這是，你最最終極的美夢。

原來，不只有地球是圓的，愛情也是。

在繞了一大圈之後，你突然發現自己又站回了原地。跟著你才明白，原來每一個人都有一個愛情原型，那是你的夢想，終生追求。只不過年輕難免輕率，只有好還不夠，因此你總是在追求，還要更多、更多，在試過幾次之後，才會發現合身比昂貴重要。而你喜歡的，始終都是同一個類型，只不過多一點什麼或少一點。但這一張眼的了然，卻非得是要走過那麼一段路，才能真心接受。

因此，隨著年紀漸長，你開始懷念起初戀的那個他，幾乎越來越頻繁。你時常想到你們常一起去逛的夜市，那攤你們最愛的米粉湯，他最愛清淡，你非要加辣，但卻偏要共吃一碗，然後你們會鬧脾氣，一個小時後就氣消。那個時候，就連吵架都很純粹，所以才那麼容易和好。就連吵架的方式，你都懷念。油蔥酥的香味你都還記得。

他不是最好、也不是對你最好，但你卻最常想起他的好。

但現在不同了，伴隨著生氣語言脫口而出的都是比較、都是指責，你再也不是當初的那個單純的你了。這個時候你也才懂，原來你懷念的並不是你的初戀情人，你懷念的其實是當初的那個自己。那個時候，你們把最多的時間拿去愛對方，用最快的速度和好，怎麼現在的你都忘了。

後來的你，談了好幾場的戀愛，但始終沒放棄過夢想，就因為是夢，所以你錙銖必較。你變得愛計較，把心眼大小當作度量愛的刻度，你以為你在談戀愛，但沒想到是在跟對方比賽。

然後，你也做了很多的妥協，以為讓步是愛情的一種等值交換，卻沒想到回來的自己卻是庫存商品。

你也把恨記得比愛還牢，將眼淚當作成是一種籌碼，以為掉的越多，對方虧欠你的也就會跟著增加。當時的你從沒發現，原來自己不是在追逐夢想，而是揮霍自己。感情會隨著淚水給一起蒸發。

你當然被人追求過，收過玫瑰與禮物，也曾有人不畏風雨的日夜接送，你被當成公主般對待，你很開心、你很高貴，你以為自己

的夢想終於成真。

但最後你才曉得你要的不是王子，更不是僕人。王子太遙遠，常常一碰就碎；僕人太謙卑，往往會讓你錯把他的好當成是愛。

你要的不是在白馬上拉你一把的他，也不是屈膝下跪的他，而是，可以一起生活的他。美夢不需要在遠方，而是在心裡。愛過了那麼多回之後，你終於才明白了這件事。

年輕的時候談戀愛，你計較的是誰愛你比較多，現在則是，誰讓你做自己比較多。

最終，你的美夢是，每天在某個人身旁醒來，甦醒時先聽到的不是外面的車水馬龍，而是他勻稱的呼吸聲；最靠近自己的溫暖，不是身上的被子，而是他手臂上的體溫。你們不一定要有小孩，養幾隻寵物也可以。然後假日的時候上花市買花，出太陽到公園散步，下雨就替他撐傘，你把他的手當成暖爐，把他的笑當作依靠……這些都是最平凡的小事，但卻是你最夢寐以求的大事。

以前的你追逐愛情，現在的你，則想要找回在愛裡頭的自己，那個單純的自己。愛情是圓的，繞了一圈之後，你找回自己。

　　而最後的最後，你想到的是，當時間流逝、萬物再不可追時，你
們會相視而笑、都會記得：「我們，還有彼此。」這是，你最最
終極的美夢。

終究我們還是敗給了無數個下一次。

最後，你成了前仆後繼的傷心。

一個男人的告白

男人比較自私？
不，
那只是男人
比較容易放棄罷了。

所以，
才要找到一個很愛的人。

愛，其中一部分是責任與義務。而不是僅僅只有，愛。

你曾經以為，如果一個人的愛不在了，留著軀殼也沒有用。雖然
這個想法你仍舊認同，但卻有了更多的體悟。因為愛情有許多種
方式，一種是激情，讓人欲罷不能，時時心跳加速；還有一種則
是陪伴，他付出最多的是時間，即使時間荏苒，仍舊覺得你很重
要，願意待在你的身邊。而這，其實就是一種愛的表現方式。

這是愛的一種進化，以不同的方式展現，而不是只有單一的樣
貌。以前自己的以為，其實只是一種偏激。

於是你也才懂了，原來結婚誓詞裡的「無論是好、是壞，是富、
是窮，是健康、是疾病，直到死亡將兩人分開。」講的不是夫妻
應該要共患難，而是，夫妻之間該擁有的愛。因為唯有如此，才
能夠不離不棄。有愛，才不會輕易就背離。

也就像是，久病無孝子，道理其實換到愛情裡也是一樣。你曾反過來問過自己，若是自己，是否能夠堅持到最後？連你自己都沒有把握，又怎能指責他人。病痛不只是損耗了患者的健康，同時也磨損了身旁人的意志力，你也明白這一點。但差別在於，真的遇到困難時一個人可以堅持多久，可以多久都不放棄，才是關鍵。而這些，都跟多麼愛有關。

因為，愛不是單指你有能力讓對方開心，而是當對方不再開心時，你還有心。

要一起開心很容易，因為那是一種獲得的形式，你給予一些，可以得到許多，所以人在那樣的狀態下容易覺得滿足、愉悅。但要一起經歷困苦卻很難，因為那是一種付出，你需要不斷地給，然後得到的回報卻很少。

因此，你很佩服那些願意陪伴的人，每個人都只有一輩子，不多不少，也無多餘的可以揮霍。究竟要有多大的愛，才能夠支撐住？後來你才更明白，原來那是一種認定，而愛情，要的不過就是這樣罷了。你羨慕的並不是不離不棄，而是那種巨大的認定。

那種當利益與自身相牴觸時，還願意把你擺在前頭的愛。你羨慕著。

你並沒有那麼天真，你早就了解到愛情總是殘酷，也願意接受這點，每個人也都是自私的，只是程度上有所不同。而最終能夠與之對抗的，就只有愛而已。

所以，你要找到一個很相愛的人，你們愛彼此，愛到即使有天自己倒了，他也不輕易就離棄；愛到即使有日他落魄了，你也不會隨意就逃開。因為愛情就跟生命一樣，本來就會包含了甜與苦，你不能只要其中一項，那叫做取巧，不叫愛情。

要找到很相愛的人，才有辦法堅持下去，才有堅持下去的可能。然後，相愛到即使有天其中一方因為撐不下去而放棄，你們都還會感謝彼此的付出，而不是埋怨。

一個男人的告白

「我為你付出了所有。」

當女人這樣說時，
男人解讀的會是：
「天啊，我該為她負責了。」

很對得起的
愛情。

原來，愛情最痛的不是一段感情的終結，而是，你們分手了，但你卻發現自己還有愛來不及給。

你談過這樣的戀愛，因為受過傷，痛的感覺你都還記得，所以變得小心翼翼。因此兩個人在一起時你總計算著付出的多少，深怕自己只要不小心多給了一些，就會深陷，然後萬劫不復。你把付出的多寡與創傷指數的高低畫上了等號，愛得很節制。你擔心自己過多的愛，最終會讓自己受傷。

但後來你才懂，如果說全心全意的愛都無法保證愛情的圓滿，那麼有所保留的愛又怎能夠成就。

愛情的機率有多低，你怎麼會忘了。而一開始就想著害怕受傷，也無法保證不會受傷或是傷口不會疼痛。新生的傷口總要花好長一段時間才會修復，但若是再加上懊悔，那就更不容易痊癒。然而這個體悟，又是用另一道傷疤所換來。

因為，每一段愛情的結束，都是末日。絕大多數的愛情都沒有第二次的機會，每一次的相愛就永遠不再，每一次的訣別也都是再不可追。錯過了就是錯過。

或許愛情結束的原因有很多，感覺淡了、移情別戀、犯錯認輸，甚至是距離遠近也可以關係著愛情的長短，但在這眾多的無能為力、可責怪與不可責怪之間，你無論如何都不要是因為自己的努力太少。

你不要是因為自己的不夠付出，導致你們的愛情夭折。因為，在愛情種種失敗的解釋之中，「自責」最沒有藥可以醫。

所以，你再不要這種遺憾。你再不要心裡還有愛，卻再也給不出去的後悔。再不要在開始就想著結束，愛情還未結果就先想著凋零，愛情仍舊是好的，只是以前的人不好，但不表示下一個會不好。你再不要拿以前人的錯來懲罰下一段愛情，你想要的愛，還是要能夠完全的投入。

愛情是要把最大的力氣拿去愛對方，而不是努力保障自己的不受傷。

就像是你也明白，愛情的多不可掌握。兩個人可以在一起需要的

豈只是緣分，還有那麼多有形無形需要克服的一切，最後才能成全。緣分向來都只是說明了愛情的困難，從來都沒有給予過解答。而，你也要不到答案。但在這麼多不可測裡，你少數可以做到的就是去要求自己對愛負責。緣分可以辜負愛情，但你不可以，這樣唯有在感情結束後，你才可以理直氣壯地把過錯推給它，不去後悔。

你厭倦了後悔。因此，你要把每段感情都當作是最後一次、末日前夕，你用盡全力，只希望換來一個問心無愧。愛情再多難料、人心再多難測，你只能要求自己去做到，很對得起愛情。

如果最後愛情終究無可避免會摻雜著淚水的話，你也不要一絲一毫是自己給的傷心。

一個男人的告白

為什麼男人都喜歡
越晚婚越好？
我想，
那是因為想要
降低離婚的可能性吧。

婚姻，是找到另一個 自己願意去廝守的人。

常常，單身最叫人沮喪的，並不是別人說「你一定是眼光太高」，而是，其實你很想結婚，但別人卻認定你不想。

「無法結婚」跟「結不了婚」兩者聽起來很像，但其實很不一樣。前者是一種自願，因為還沒有出現那個人，那個讓你願意點頭的人，所以你不想要結、寧缺勿濫；而後者則比較多是非自願，你很想結婚，但身邊卻沒有一個剛好有如此打算的人。這一點，其實跟戀愛很像，你想要的不來，而你沒感覺的一直靠近。

但是，你怎樣都不想要婚姻變成是時間裡的減去法。為了想要結婚，所以你可以不要求這個、可以放棄那些，你知道這樣或許成就得了一張證書，但卻就成就不了圓滿。

當然你相信愛情會隨著時間長大，在經過歷練之後，人會越來越了解自己，然後也會更明白自己所想要的是什麼，不再堅持一些

無謂。但這些應該都是出自一種生命的體悟，是一種自願，而非是不得已。雖然，這兩者有時候會叫人分不清楚，但其實也很不一樣。

可如果說為了談一場愛情，你都無法因此讓渡掉那些自己覺得重要的事的話，婚姻就更不可能了。因為、因為，婚姻應該是建構在愛情之上，這是你的堅定。

你常覺得，戀愛是生命裡最不合常理的事情之一，不是說它會叫人喪失理智，因為每個人或多或少本來就有點瘋狂。而是，大多數發生在我們生命進程裡的東西，都會隨著時間的往前推移，越來越熟練，終而成為你的優勢。

你拿著這些自己在歲月裡學到的去炫耀，讓別人肯定你。但只有愛情，會隨著身分證上扣掉今日的數字漸長，而越來越不容易。

你會發現在以前學到的戀愛經驗越來越難派上用場，不，應該是說，越來越沒有機會去驗證。你的戀愛優勢，隨著年紀的增加成反比。

但你還是想忠於自己，忠於愛情。要找人步入禮堂，或許不難，

或許真的只要如他們所說，標準放低一點就可以，但愛情難的本來就是找到另一個自己願意去廝守的人。

自願，是愛情的基本條件。也就因為，你太知道愛情的艱辛，所以更要確保自己能夠有足夠的力量去全心全力呵護灌溉，而這個說的就是自己的願意。

你也問過自己許多次，次數已經多到比你約會過的對象還多，該不該繼續堅持？要不要多放棄一點？然後看到身邊跟自己同年紀的人一個個步入禮堂時，也動搖過。

但跟著，你又想起「遷就」這件事，你認為愛情與婚姻之所以珍貴，就是他們並不是一種利益協商，你如此看重愛情婚姻，如果違背自己所願，只為了一紙證書，不正好就是最瞧不起愛情的行為。

結婚，應該是用來建構自己所珍視的愛情，而不是摧毀原本的信念。你還想捍衛這件事，而你有多麼不肯妥協，其實也正表示了你有多麼重視婚姻。

你也不知道自己距離幸福還要多久，但是，你只希望自己不要放

棄。因為、因為,再難的事情,只有放棄了,才是唯一的不可能。哪怕只有千分之一的機會,你都要注視著那個可能,那個讓自己可以幸福的可能。

親愛的，

他不喜歡你，

並不表示你是錯的。

一個男人的告白

可以當情人的人
不一定可以當老婆，
但能當好老婆角色的人
或許比較能當個好媽媽。

愛情，別人怎麼看不重要，
重要的是你相信什麼。

愛情常常抵不過現實的殘酷，但很多時候，愛情最需要對抗的，卻往往是自己。

就像是生小孩這件事。原本應該是一種水到渠成，或是兩個人的默契，可不知怎麼地，卻變成了一種算計。兩個人的感情遇到了瓶頸、交往很久了，但他還沒有要娶你的打算……當兩個人或你面臨解不開的種種感情問題時，此時大家給的建議都會一致地指往「生小孩」這個方向。

孩子，變成了一種危機處理的轉換器，幫助你們度過感情難關。

他們的建議都是好意，也或許是對的，你當然清楚。你也明白這何嘗不是一種方法，一種處理愛情的方式，愛情本來就包含了現實，你花了很多年的時間才接受，所以也才會有了動搖。只是，跟著你又想到，愛情之所以為愛情，差別的不就是裡面的一點點細微嗎？

愛的結晶,你常聽到人們這樣說。但曾幾何時,這種浪漫的化學反應,逐漸變成了了無生氣的計算安排。你問自己是不是也要讓渡這一部分?

於是當下你也才理解到,或許,考驗愛情的從來都不是現實,而是自己。因為愛情其實是一種自我幻想與現實的拉鋸,這邊讓步一點、那邊妥協一些,才能修成正果。愛,比的從來都不是多實際,而是多平衡,就跟兩個人的關係一樣。而孩子,基於這樣理由而誕生,只是把愛情更往現實面拉而已。

因為孩子,從來都不是一種婚姻保固。你雖沒經歷過,但聽過的多。就也像是結婚保障不了愛情一樣。有些事情需要親身體驗,但有些則不用自己去試,就可以學到教訓。也更因為你知道,愛情本身就是賭注,倘若又加上了婚姻,勝負更難預料。而用孩子換婚姻,只是把賠率增高,但賭上的卻還包含了另一條生命。

孩子,自始至終都不會是愛情裡面的王牌,只是一個賭注。

再者,天真也罷、將來會後悔也罷,但在大多數時候,其實人只能去思考現在,只能去努力讓現在過得好,沒有多餘的心力去計畫不可知的未來,更何況未來從來都是計畫不來的。愛情天氣難料,你無預警地被淋過幾次雨,所以很明白,因此,你希望起碼

可以對得起現在的自己。至於未來，那是以後的事，以後再說。這並不是一種逃避，而是一種經由經驗累積而來的務實。

到了最後的最後，其實你還是想要這樣想，現實或許很殘酷，愛情也不可能完全倖免，但至少，小孩、你的小孩、你們的小孩，如果真有幸可以走到這一步的話，都不應該是一種手段象徵，這是在愛情裡面你最後可以為自己做到的事。

你還是寧願去相信，愛的結晶，「愛」是擺在最前頭。而愛情，在抵抗現實之際，能夠幫助你繼續支撐下去的，就是自己這一點點對愛的小信仰。

一個男人的告白

愛情與麵包哪個重要？
當然是麵包。

為什麼？
因為回答「愛情」
太孬了。

你只是試圖在愛情的難以掌握中，抓住些什麼。

你並不把愛當作唯一，而是一種選擇，一個讓自己生命變得更美好的挑選。

因為你是愛情信仰者，覺得愛情最大。當然你也明白世界上還有很多事都值得追求，但你更知道如果沒有愛，那有多無聊。而且，愛情與其他從來都不是衝突，並不是要了這個就不能要另外的。因此，你以愛維生，用它來滋養自己的生命。就因為這樣，所以你更不能活在沒有愛的生活，也更不願去冒失去愛的風險。所以，你才更小心翼翼去呵護愛。

但因為你在很年輕時候談過那種戀愛，那種奮不顧身的戀愛。當時你固執地覺得愛就該純粹，不該夾雜一絲一毫的雜質，因為愛之所以為愛，就是因為它的神聖不可侵犯。所以，只要把愛擺到你眼前，你就可以什麼都不要、可以什麼都不怕，只管注視著愛。可是，最後愛情並沒有因為你的信念而圓滿，你後來才察覺，其實並不是自己不夠堅定，反而是過於堅持。

經歷過了你才懂，原來愛情本來就包含著現實面。當你有多努力把現實往外推時，就更是說明了現實的重要性，否則自己就不會刻意去忽略它。

愛情，需要天時地利人和才能成就，每一項條件具備得越是齊全，長久的機率就越是高。而麵包，就是其中一項。擁有好的經濟條件並不能保障幸福，但是，至少可以保障你離幸福近一點。因為、因為，愛情很難，有那麼多的不可預料，你也追不過時間，所以只能抓住可以看見的，然後，冀望著若是欠缺的少了一些，愛情就可以更久一點。

這是你一路碰撞才得來的心得，也就像是人們說的緣分，其實是包含了所有的可測與不可測，而偏執地別過頭去不看那些可預見的問題，其實都只是一種消耗，一種對愛情的浪費。

所以，自始至終你在意的都不是金錢的重要性，你在說的是條件的具備，或是問題的面對。因為，你學會了再不要因為那些可預見的問題，而阻礙了你的愛情。你也再不要將問題當作不是問題。

愛情，能讓你的心滿足，心跳動才能活命，但心臟的運作需要靠血液輸送養分，所以，你也必須餵飽胃才活得下去，缺一不可。

當然，你也不是只能同甘不能共苦，你更清楚知道世界上並沒有完美的感情，過分去等待條件都相符的緣分，也是一種偏執。只是，你試圖用自己對愛情的理解、對自己的理解，然後去努力。而在大多數時候，你知道自己也只能做到這樣，愛情你只能盡力，然後希望上天助你一臂之力。

所以，當那些人在說著你拜金時，只有你自己知道，愛情是在麵包之上，但你用不著跟別人解釋。因為，你只是想要試圖在愛情的難以掌握之中，多抓住些什麼罷了。你只是努力去讓自己的愛情圓滿，如此而已。

一個男人的告白

美貌只可以撐三個月，
好，最多半年。

但真正能讓兩個人
在一起很久的，是心。

美貌是武器，而不是
依據。

三十歲的女人要跟二十歲的女生比賽，是自討苦吃；反過來說，二十歲的女生跟三十歲的女人比較，則是不自量力。

當你看到電視上新生代的少女偶像，對著鏡頭擠眉弄眼時，就在那一個瞬間，你突然懂了這件事。自己汲汲營營並引以為傲的美貌，在那一刻全部崩塌。你努力想要讓自己的外表不被時間的推移所影響，想要站在原地，但一看到螢幕出現的女星時，你就知道，有些事情不是努不努力的問題，而是有沒有的差別。就像是她散發的青春氣息，也就跟愛情一樣，要努力也努力不來。

當時你也才意識到，雖然在大多數時候，人生是一連串的選擇，例如：職業、髮型、甚至長相都可以改變，但唯有年齡無法變更，即便有著如何與年紀不符的外表，它都不會說謊。也就像是電視中女星眼裡的直接與無所畏，你曾經有過，但卻沒有任何保養品留得住它們，這就是一種差距，任憑外在如何不變動，只要一張眼就洩了底。

甚至，再到後來你更驚覺，自己花了最多的時間去營造出自己仍然年輕的假象，你以為自己在對抗的是歲月或是地心引力，但原來其實拋棄的卻是過去的自己。

因為你經歷過了那麼多的事情，花費了那麼長一段時間，才終於走到了這裡，變成今天這個樣子：你比以前更成熟，不再無理取鬧；也比以前更溫柔，不再囂張跋扈……你覺得現在的自己比十年前更值得被愛，但卻還要去跟年輕小女生競賽，那些你伴隨時間所獲得的，都是二十歲女生所缺乏的。原來是自己把自己的優點收了起來，拿出弱勢去參賽。

當然，你還是知道擁有一定程度的美貌仍是一種必須，只是「美」不應該是與「年輕」畫上等號，不應該等同於非要追求十年前或二十年前的自己不可。美應該有很多種展現方式，美與智慧從來都不是一種衝突，而是一種相乘，每種年紀都有自己獨有的美，不是任何一種其他年紀可以替代。二十歲有二十歲的美，三十歲、四十歲……都該是如此。

在愛情裡面，或許可以把美貌當作是一種武器，但若是把它當成依據，倒楣的只會是自己。因為時間很公平，你只能齊步、無法越過。

而終究問題的源頭是，「自己想要怎樣的人？」你回過頭這樣問自己。追根究抵，其實你要的從來都不是一個喜歡少女般的自己的人，而是一個懂得欣賞現在自己的對象。你的他，應該也是一個隨著歲月增長而成熟的人，而不是背對著未來把過去當成以後的人，這樣的人從來都不是你要的。

你早過了追求熱烈的年紀，明白愛得更久比更濃烈重要。這麼一想，所有的問題都迎刃而解，你再不需要去跟以前的自己比賽，只要專心做好現在的自己即可。

而面對年齡，一種沒得選擇的必然，你懂了並不是要與它抗爭，更不是投降，而是學會和平共處。

一個男人的告白

你說，
男人對女人很殘忍，
到了三十歲之後
就好像一文不值；
我說，時間很公平，
三十歲沒有一點小成就的男人，
你們女人也不敢嫁。

三十歲了，
你終於喜歡自己。

三十歲給你的最大的改變是，你還是照樣慶生，但自此之後，蛋糕上面的蠟燭永遠都是問號。

這是你最大的感觸，二字頭的時候，你毫不遮掩自己的優勢，你還年輕、還有很多未來，但你怎麼都沒想到，當初拿來捍衛自己的武器，今天開始槍口會朝著自己。那時候你也才發現，原來時間的意義是從三十歲才開始算起。

你三十了，所以應該怎樣、你三十了，所以不能夠那樣……但是你明明昨天還是二字頭，怎麼只過了一個晚上，今天就面目全非。

然後，公司新來的女助理剛好跟你同生肖，但你還來不及高興就發現原來她小了自己一輪，當你在電話那頭指定著問號蠟燭時，她才剛拿到駕照不久。跟著，當你拿起手機要自拍時，立即就發現嘟嘴有多麼不適宜，你甚至懷疑自己是不是再也不能使用

「啾～～」這個字與愛心圖案。

三十歲了，不僅別人評價你的方式不同，就連自己看待自己的角度也不一樣了。

甚至你更懷疑，時間行進的速度也不一樣了，昨天之前，你還有好多夢想等著要去實現；但到了今天，你卻覺得未來已經追到眼前來了。

三十歲了，跟二十九歲不同，但是，今日也跟昨天不同。於是你才驚覺到，不管是過去或將來，時間永遠都會以這樣的方式前進，無從討價還價。而人，永遠都只會比昨天年紀長一點。而不管是什麼「敗犬女王」、「黃金剩女」，即使冠上了女王或黃金，統統都還是建築在敗犬跟剩女上頭。你終於懂了，原來這些詞彙說的都不過只是時間的壞處而已。然而，時間其實也是好的。

三十歲最大的好處是，你已經經歷過了一個完整的生命歷程，但在人生旅途裡卻還年輕。

你脫離了學校，遇見形形色色的人，學會保護自己；工作了幾年，有點小積蓄，終於可以自食其力，你還規畫了一年一次的旅

行；有幾個好的老朋友，你們會為彼此打氣與支持，不再覺得認識新朋友很重要；當然也談過了幾次戀愛，包含了那種不再單純而是算計的感情。然後，愛過人、也被人愛過；被傷害過，也同樣傷害過別人……而這些，都豐富了你的生命。這些，都讓你變成了現在的自己。

你終於脫離了莽撞的年紀，開始學會了耐心，更明白了以前不明瞭的許多事，而其中最珍貴的是，你還學會珍惜。然後，你也學會了看男人的眼光，這點無論如何你都不要還回去。因此，你不能再拿以前的優勢來生活，你不能辜負過去的二十九年，要試著把以前變成是一種養分，然後活成自己的未來。

你要開始試著靠自己去定義時間的意義，不再當它是阻礙，而是一種助力。

二十歲時，你最大的功課是學著與別人相處；但三十歲了，你則開始練習跟自己相處。二十歲時，你用盡所有的力氣去討好別人；但三十歲了，你覺得最需要討好的是自己。二十歲時，你最大的願望是全世界了解你；但三十歲了，你發現了解自己比什麼都重要。二十歲時，你想要每一個人都喜歡你；但三十歲了，你終於開始喜歡自己。

三十歲了，或許沒有那麼壞，沒有誰可以跟時間比賽，而你，覺得自己會越來越喜歡這樣的自己。

我不能再等你了，

時間一直都在，但人會倦的。

你不必知道這件事。

我自己知道就好。

國家圖書館出版品預行編目 (CIP) 資料

那些再與你無關的幸福（暢銷 10 年‧紀念版）
/ 肆一作 . -- 初版 . -- 臺北市：三采文化股份
有限公司, 2022.11
　　面；　　公分
ISBN 978-957-658-937-9（平裝）

863.55　　　　　　　　111014392

suncolor
三采文化集團

Mind Map 249
那些再與你無關的幸福【暢銷10年‧紀念版】

作者｜肆一
編輯四部 總編輯｜王曉雯　　專案主編｜黃迺淳
美術主編｜藍秀婷　　封面設計｜方曉君　　內頁設計｜之一設計工作室
內頁排版｜魏子琪　　校對｜周貝桂

發行人｜張輝明　　總編輯長｜曾雅青　　發行所｜三采文化股份有限公司
地址｜台北市內湖區瑞光路 513 巷 33 號 8 樓
傳訊｜TEL:8797-1234　FAX:8797-1688　　網址｜www.suncolor.com.tw
郵政劃撥｜帳號：14319060　戶名：三采文化股份有限公司
本版發行｜2022 年 12 月 2 日　　定價｜NT$380

有種細膩的療癒感
　　彷彿被肆一救贖
　　　　洵洵@香港

曾成為我黑暗中的一縷微光。
謝謝你，
　　　　　By 詩詩

因為肆一的文字
治癒每個想念他的時刻.
　　　　　－Kaylee.

親愛的.
我們不難過
看肆一的文字...
讓自己快樂一是V
　　　樹～

肆一的文字湧進心裡
　　代替你擁抱我
　　　　　景㼆

他帶來的溫暖
总治愈了你我
　　　－Jyin-

有你真好
與你相約下一個十年
　　　古小丸

愛情這一堂課
沒有正數或負數
如果沒有肆一的陪伴
我肯定還在選擇題邊緣遊走…
　　　　　　　　　　Tiffany

在瑟筆－溫度剛好的文字裡找到自己

詩銹

瑟有力量，愛與溫暖合而為一
是瑟一 ♡ 羽嵐

肆無忌彈的傷害
一字一句的治癒

—尹尹

輕柔地暖意
縈繞在我們身邊

溫暖且深情，總能將遺憾化為圓滿

by angeline

文字有種無形的穿透力，
伴隨著療癒。
Linda Huang.

緣起是緣分，
有幸過見你，
真好. 昌

真正能治癒你的
從來都不是時間，而是明白
by 小寶

妳懷念的，自始至終
都是，愛。

謝叮叮心

謝謝你挑選了我，
「放心，我有好好的長大」
很想你，未來再見. 沛